追放された鍛冶師はチートスキルで伝説を作りまくる

～婚約者に店を追い出されたけど、気ままにモノ作っていられる今の方が幸せです～

ibarakino
茨木野

ill
kodamazon

CONTENTS

黄金の手を持つ鍛冶師
ヴィル・クラフト
ヴィルに命を救われた少女
ポロ
ヴィルが作った闇の聖剣
夜空
ディ・ロウリィの守護神
ロウリィ

氷の聖剣を持つ勇者
キャロライン・アイスバーグ
雷の聖剣を持つ勇者
ライカ・サンダーソーン
ゲータ・ニィガ王国の王女
アンネローゼ
ヴィルの弟
セッチン・クラフト
ヴィルの元婚約者
シリカル・ハッサーン

「もう知らん！
俺は出て行く！
仕事もやめてやる！」

プロローグ　伝説の鍛冶師の伝説、その幕開け

「ヴィル。ごめん。あなたとの婚約を破棄させてほしいの」

新しい工房兼、夫婦の新居となる家のリビングにて。

俺、ヴィル・クラフトは、将来の伴侶となるべき女性、シリカル・ハッサーンから、婚約破棄を言い渡された。

「え、婚約破棄って……え、ええー……な、なんで？」

シリカルは、とてもまじめな子だと思っていた。そんな彼女から、こんな言葉が出てくるとは思っていなかった。

「真実の愛を、見つけたからよ」

「は、はぁ……？　真実の愛……？」

状況を、まとめよう。俺は鍛冶屋を経営してる。

職人である親父と、商人であるシリカルの父は友人同士だった。

お互いの息子と娘をくっつけようと、結構早い段階で婚約の取り決めがあった。

親父が五年前に亡くなり、この店と副業を継ぐことになった。

そのあと、シリカルの父も亡くなり、それから二年後。

俺は二一、シリカルは二〇になった年、ようやく、結婚話が本格的に進むことになった。

新しい店、新しい家を建てて、さて結婚の手続きをすると思った矢先に……。

シリカルから婚約破棄を言い渡された、という次第。

「真実の愛ってどういうことだ……？　シリカル」

「ごめんヴィル。他に好きな人ができたの」

そう言うと、シリカルは背後を見やる。リビングの扉が開いて、そこには見知った顔が現れた。

「やぁ、ヴィル兄」

「お、おま……セッチン！」

セッチン・クラフト。二歳下の、俺の弟だ。

俺と違って細身で、ハンサムな顔つきをしている。

一方俺は髪の毛はぼさぼさだし、手とかごつごつしてるし、顔つきも十人並みだ。

「じゃ、じゃあ、シリカルの好きになった相手って……？」

「このぼくだよ、ヴィル兄」

「まじか……」

え、なにそれ。急すぎてついていけないんだけど……。

「お、おまえらいつの間に……？」

「シリカルのお父様がなくなってからかな」

セッチンはシリカルの肩に手を回す。彼女はポッと頬を染めた。

シリカルは、結構クールな女だ。親父さんが死んだときも、人前では泣いていなかった。

そんな彼女が、恋する乙女のように頬を赤く染めているではないか！

「父が亡くなってさみしいときに、セッチンは私を慰めて、支えてくれたの。……ヴィル、あなたと違って」

「い、いや、だって自分が言ったんじゃないか。『いつまでもめそめそしてられないわ。もう大丈夫』って。それに……」

別に何もしていないわけじゃ、ない。

ハッサーン商会の会長であるシリカルの親父さんが死んで、商会は彼女が継ぐことになった。けどシリカルにはまだ経験が足りず、経営が傾きかけていた。そこで、俺は頑張ってハッサーン商会の経営を立て直したのだ。

幸い、俺と懇意にしてくれてる王族や貴族がたくさんいたので、彼らにハッサーン商会の武器を買ってくれと頼んだところ、快諾してくれた。

その結果、倒産寸前だったハッサーン商会を無事、立て直すことに成功したのだった……が。

「ヴィル兄。シリカルは女の子だよ？　お父様が死んで、心の中で悲しんでいるとき……あんたは何してた？　仕事ばかりを優先し、彼女を慰めてあげることはしなかったろう？」

「い、いや……だってそれは、しょうがないじゃないか。仕事増やしたんだし、それに副業もあったし……」

俺には鍛冶屋の仕事のほかに、いくつか特別な案件を抱えていた。

そっちも大切な仕事なので、ないがしろにできなかった。

その結果、シリカルと過ごす時間はどんどん減っていったけど……。

「あんたは仕事にかまけて、大事な人と過ごす時間と、そして何より彼女のことを優先しなかったんだ。こうなって当然さヴィル兄」

……まあ、確かにセッチンの言うことには一理ある。

しかし、しかしだよ。

「じゃあ、商会はどうなってもよかったのかよ。俺が頑張らなかったら、今頃ハッサーン商会は倒産してたんだぞ？」

するとセッチンもシリカルも、きょとんとした顔になる。

え、なにその顔。

「何言ってるのさ、ヴィル兄。経営が上向きになったのは、ちょうどそのころ、大手の仕事が偶然、たくさん入って来たからじゃないか」

「は、え、は、はぁ⁉　ぐ、偶然だぁ⁉」

大手の仕事、確かに来たよ。でもそれは、俺が貴族たちにお願いしたからだ。武器を買ってくれって！

それをこいつ……偶然だと思ってたのかよ！

「し、シリカル……お前もそう思ってるのか？　ただの偶然だって」

「いいえ、そんなことはないわ」

ああ、よかった。シリカルは、わかってくれてたんだな……。偶然じゃないって。

「父を失ってもへこたれず、私が頑張ってたから、その姿勢を評価されて、仕事が来たのよ」

……君もか。君も、理解してくれてなかったのか……。

え、だって、普通ありえないだろ。

今までなかった大口の仕事が、偶然くるなんて。

そもそも接点がないんだから、彼女が頑張ってるなんてこと、どうやって知るんだよ！

……つまり、あれか？

婚約者のために俺がしていた頑張りは、彼女に伝わっていなかったと？

むしろ、俺のことを、婚約者をほっといて仕事にかまけるくそ野郎だと、そう思っていたと？

だから……シリカルは俺ではなく、弟を選んだと……？

「そんな、ひどすぎるだろ……なんだって、今このタイミングなんだよ。もう新しい店も、新居も、できたあとなんだぞ……？」

あとは婚姻届けを提出するだけだった。なんで、今このタイミングで……？

「悪いけどヴィル兄、この家から出てってくれないかな」

「は……？　お、おいセッチン。お前何言ってるんだ……？　なんで俺が家を出なきゃいけないんだよ」

「当たり前だろ。ここはぼくと彼女の家だ。元カレと一緒になんて住めないだろ？」

い、いやまあ、確かに元カレと同居とか、気まずくてしょうがないだろうけど……。

え、な、なんで俺が出ていく前提なんだ？

「おまえらが別のとこで住めばいいだろ？」

「それはできない」

「なんでだよ！」

「ぼく、お金ないから」

……はい？　金がない？

「王都って物価が高いだろ。新居を立てるとなったら、すごいお金がかかる。家を借りるにしてもそうだ。ぼくには住むとこを用意するお金がない」

「だ、だからここに住まわせろ、俺は出ていけって？」

り、理不尽すぎないか……？

「金がないなら、シリカルの家に住めばいいだろ。ハッサーン商会の建物は、シリカルの所有物なんだし」

「ぼくは一家の大黒柱となるんだよ？　嫁さんの家に手ぶらで厄介になるなんて、プライドが許さないね」

「は、はあ……え？　い、一家の大黒柱、だって……？」

なんだかすごく嫌な予感がした。

弟はシリカルに近づいて、彼女のおなかをそっと押さえる。

「ここには、彼女とぼくの子供がいるんだ」

「は、はぁあああああああああああああ⁉」

うそだろ。

浮気してただけじゃなくて、子供まで作ってたのかよ⁉

なんてやつらだ。

俺が、必死こいて働いてる一方で、俺の努力を認めないどころか、かくれて付き合って子供まで作ってたなんて！

「子供ができるんだから、家くらいプレゼントしてよ」

「………」

もう、あきれて何も言えなかった。

自分勝手すぎるだろ、こいつ……。

シリカルにしてもそうだ。

なんで、俺への愛が冷めてるんだったら、別れようって言わなかったんだよ。

あれか？　俺に利用価値があるからか？

家をただで作らせたかったからか？

家ができたから、もう用済みってか。

「……ふざけんなよ！」

気づけば俺は怒りをぶちまけていた。

そりゃそうだろ。

女のために必死になって働いてたのに、裏切られたんだ！

「怒鳴るなよヴィル兄。シリカルが怯えてしまうじゃないか」

「うるせえ！　くそ！　ああそうかい、わかったよ。出ていくよ、出ていきゃいいんだろ！　俺はもうおまえらの顔なんてみたくない！　家も店も好きにすりゃいい！」

もうこの場にいたくなかった。俺は出ていこうとする。

「待って、ヴィル」

シリカルが俺に呼び掛ける。

「引き留めようとしても無駄だぞ、シリカル。俺はおまえらを許さない。よりを戻す気はないからな」

「そうじゃないわ。出て行ってもいいけど、店はやめないでね」

「…………………………は？」

こ、この女……今なんて？

「ハッサーン商会に、この店の武器を納品してもらわないと困るもの」

「…………」

怒りで、頭が真っ白になりかけた。

この女は、堂々と浮気して子供まで作って、家から俺を追い出しただけじゃあきたらず……。

この店で、働けって言ってる。

……もう、完全にキレた。

「もう知らん！　俺は出てく！　仕事もやめてやる！」

「な！　そんな、ヴィル。何をそんな無責任なことを言ってるの！」

「おまえらの顔なんてもう見たくねえんだよ！」

俺はリビングのドアを開けて出ていく。

「ちょっとヴィル！　待って！　話し合いましょう！」

「いいよシリカル。ヴィル兄なんてほっとこうよ。大丈夫、鍛冶の仕事はこのぼくがこなしてみせるさ」

弟がなんか馬鹿なこと言ってやがる。

おまえに、できるわけねえだろ。

鍛冶の修業をさぼってばかりで、家の手伝いの一つだってしてこなかったじゃないか。

俺がいなくなったらこの鍛冶屋も終わりだろうし、武器を卸してるハッサーン商会の評判もガタ落ちだろう。

また、大手の取引口とやらも、俺のおかげで契約が結べてるんだ。

俺を追い出したって知れば、たちまち契約は打ち切られる。

そうなったら鍛冶屋だけじゃなくて、商会も大変なことになる。

それだけじゃない。

俺が副業でやってたことが、弟に代わりが務まるとは到底思えない。

が！

もう知らん！　俺はこいつらが困ろうがどうなろうか関係ない！

こうして俺は、王都から出ていくことにしたのだった。

《セッチンSide》

ヴィルが店を出て行ったあと……弟のセッチン・クラフトは心の中で邪悪な笑みを浮かべた。

（やった！　あの目障りなクソ兄貴から全部奪ってやった！！！）

セッチンは思い出す。まだ、父が生きていた頃。

『セッチン。おまえは兄のマネをするな。あいつは一〇〇〇年に一人の天才で、【黄金の手を持つ男】だ』

幼い頃、父がセッチンにそう言った。

『おうごんの……て？』

『職人達の間で古くから言われてる、都市伝説的存在だ。生み出すものすべてが、莫大な利益を生む、という幻の手。ヴィルにはそれがある。あやつは、神に愛された子供。特別な存在だ』

それが兄であると言う。

『ぼくは……ぼくは⁉』

『おまえには特別な才能が無い。このわしと同じくな。だから……』

だから兄をマネするのではなく、努力を積み重ねるのだ。

と父はセッチンにアドバイスをしたつもりだった。

しかし、セッチンは違う捉え方をした。

『……馬鹿にしやがって』

『セッチン？』

『馬鹿にしやがって！　馬鹿にしやがって！　ぼくに才能がないだと？　そんなのどうしてわかる！』

父にコケにされたと、そう解釈したのだ。

そのときから、セッチンの中に兄ヴィルに対する黒い感情が芽生えた。

兄のことが嫌いだ。

彼の才能を認めない。

なにが黄金の手だ。自分は信じないぞ！

父が後継者に兄を選んだこともむかついたし、綺麗な女の子を婚約者にしたことも、むかっ腹が立った。

父からの信頼、神からの恩恵、綺麗な婚約者。

全て持つ兄が、憎くてしょうが無い。

だから……奪ってやろうと思った。

兄の持つすべてを、手に入れるのだと。

セッチンは職人としての修業よりも、いかにして兄を不幸にするかに注力した。

その結果、兄の婚約者を奪い、父の店を奪い、兄の居場所を奪って見せた。

（ざまぁ！　ざまぁみろクソ兄貴！　おまえから全てを奪ってやったぞぉ！　ぎゃーーーーーーーはっはっはぁ～～～～～～～～～～～～～～～～～！）

自分のしたことに対して、何の罪悪感も覚えていないセッチン。

憎くて仕方ない相手を追放することができて、あーすっきりした、と心から思っていた。

……彼の人生絶頂期は、ここまでだったと言えた。

コンコン……。

「失礼いたしますわ」

店の扉が開く。

そして、現れたのは……美しい真紅のドレスを着た少女。

セッチンも、そしてシリカルもまたその人物を知っている。

「「あ、アンネローゼ第七王女様！」」

ふたりはその場に跪《ひざまづ》いた。

そう……店に来訪したのは、この国の第七王女。

アンネローゼ＝フォン＝ゲータ＝ニィガ。

セッチンは、困惑した。

（なぜだ⁉　どうしてこんな鍛冶屋に、この国の王女が来てるんだ⁉）

アンネローゼの手にはバラの花束が握られている。

「ご機嫌よう。あら……？　八宝斎《はっぽうさい》様は、どちらに……？」

「は、はっぽう……さい？」

聞いたこと無い単語だ。

セッチンも、そしてシリカルすら聞いたことがない様子。

アンネローゼは「ああ、すみません……屋号でしたね」とつぶやく。

「ヴィル・クラフト様は？　新しいお店を開いたということで、こうしてお祝いの花束を持ってきたのですが……」

ヴィル？　ヴィル・クラフトだって？

（な、なぜヴィル兄の名前が出てくるんだ？）

そこへシリカルが、アンネローゼの前で頭を下げながら言う。

「王女殿下。おひさしゅうございます。いつもごひいきにしてもらっております」

「……？　えっとあなた、どなたでしたっけ？」

かぁ……とシリカルの顔が羞恥で赤くなる。

「は、ハッサーン商会の、会長……です」

第七王女はハッサーンの大口のお客様なのだ。

何度も取引をしたことがあったので、てっきり、顔を覚えられてると思っていた。

「ハッサーン……ああ！　ヴィル様の商品を卸してる商会でしたね」

その程度の認識でしか無いか。しかも、またヴィルの名前が出てきているし……。

「あいさつが遅れてすみませんわ、ハッサーン会長」

「え、いえ……王女殿下。本日はどのような御用向きで？」

「さきほど言ったとおり、開店祝いですわ。ああ、そういえばヴィル様とご婚約なさってる相手が、あなたなのでしたね。うらやましいですわ、あんな素敵な殿方と結ばれるなんて……」

素敵？

兄を褒められて、むかむかとしてきたセッチン。

しかもこいつは、シリカルが兄の女であると思っているらしい。

「アンネローゼ殿下。兄とシリカルとの婚約は破棄されました」

「…………はい？」

ぽかんとするアンネローゼ。

それを、シリカルがとがめる。

「ちょっとセッチン！　そんなことを今この場で言う必要ないでしょう？」

「別に隠すことはないだろう。事実だし」

瞠目する王女。

だが……その顔が一瞬赤くなるも、すぐに冷静に戻る。

「そうでしたの……ちなみに、ヴィル様は今どちらに？」

「知りませんねえ。あいつは店を出て行ったので」

「…………店を出て行った？」

「はい。今日からこの店は、ぼくのものです」

王女はしばらく沈黙した。

そしてしげしげと、セッチンを見つめた後、フッ……と笑う。

「……その程度の腕で？」

「え？」

「なんでもありませんわ。そう……わかりました。ヴィル様はもうここにはいない。あとを継ぐのはあなた。ということは、彼の、八宝斎《はっぽうさい》としてのおつとめは、あなた様が引き継ぐ……。そういうことでよろしいのですね？」

さっきから出てくる八宝斎《はっぽうさい》が何なのか知らないが……。

兄の仕事を、王女から奪える。

その悦びだけが彼の頭の中にあった。

「ええ！　お任せください。兄の代わりを、責任もって、務めさせていただきます！」

……後《のち》にセッチンは、地獄を見ることになる。

八宝斎《はっぽうさい》とは、一流を超えた職人。特級ともいえる職人に贈られる称号であり、屋号だ。

八宝斎《はっぽうさい》たちは国から依頼されて、重要なアイテムや、宝具、神器《じんぎ》をメンテしてきたのだ。

今の世界が、そしてこの国が平和なのは、八宝斎《はっぽうさい》がいたからこそ。

勇者の聖剣、聖女の結界、そのほか、重要なアイテムを、彼らがメンテしてきたから。

今まではヴィルが、その八宝斎《はっぽうさい》としての仕事をしっかりこなしてきた。

しかしもう彼はいない。

残念ながら、父の言う通りセッチンには職人としての才能が無い。

才能も無く、努力もしてこなかったセッチンに、八宝斎《はっぽうさい》という重要な役割が務まるわけが無い。

だが、セッチンはやると言った。

そして宣言した。責任は自分が持つと。

アンネローゼは店を出た後、部下たちに言う。

「伝令よ。ヴィル様を探して。まだ遠くには行ってないはず」

「ハッ……！　しかし……街の結界はどういたしましょう」

「先日メンテしてくださったばかりで、一年は保つとヴィル様はおっしゃっておりましたわ。その間に彼を見つけるのです。早急に」

「御意。あとは……勇者キャロライン様にも文《ふみ》を……」

ぴたりと足を止めて、アンネローゼは言う。

「まだ、彼女には知らせなくていいですわ」

「は……？　し、しかし……勇者様の聖剣のメンテも、ヴィル様がしてくださっていたのですよね？」

「そうね。でも聖剣のメンテもこの間、行ったばかり。古竜の大群とでも戦わないかぎり、すぐには刃こぼれしないとヴィル様はおっしゃっていた。なら、今すぐじゃ無くても問題ないでしょう？　今は王都を守る結界をなんとかしないと」

「は、はあ……承知しました」

部下たちがヴィルを探すために散る。

残ったアンネローゼは、にやりと笑う。

「せっかく、ヴィル様がフリーになられたのです。余計な害虫が寄り付くまえに、あのお方を早く手に入れないと……」

アンネローゼも、そして勇者キャロラインも。

ヴィルを職人として信頼し、そして、異性として……惚れている。

しかしヴィルには婚約者がいる。だから諦めていた。

……だが、彼の隣にはもう誰もいない。ならば、もう諦めなくていい。

そして、ライバルにわざわざ、意中の彼がフリーになったことは伝えなくていい。

「ああ、そうだもう一つ」

そばで控えていた侍女に、アンネローゼが冷たく言う。

「ハッサーン商会との取引を、今すぐ中止しなさい」

「商会との取引を……？　よろしいのですか？」

「ええ。彼の弟の力量は、この目で見極めました。下の下です。彼の作り出す武器は、買う価値のないゴミですから」

ヴィルの作り出す商品を、もうハッサーン商会は扱えない。

なら買う必要は無い。

彼の作る武器は質がいいから買っていた、というのもあるが、一番はヴィルに気に入られるために購入していたのだから。

ヴィルがいないのなら、買わなくていい。そう判断した。

「さぁ、あとはヴィル様を探すだけ。ヴィル様……どこにいらっしゃるの？」

こうして、伝説の職人、八宝斎《はっぽうさい》こと、ヴィル・クラフトは、使命から解き放たれ自由になった。

★

「はぁ～……これからどうしようかな」

王都にほど近い森の中。

俺は木陰に座り込んで、空を見上げながら、今後の方針について考える。

「王都に戻る気は、ない。あいつらがもし謝ってきても、戻らない」

次にあの店をどうするか？

そんなの、次の店主である弟《セッチン》がどうにかするだろう。

「八宝斎《はっぽうさい》としての仕事は、どうしよう……」

古《いにしえ》の時代から連綿と受け継がれてきた、伝説の鍛冶職人の屋号。

国からの依頼で、一般人では作れないような強力なアイテムを作ったり、街の結界を補修したり、勇者の聖剣をメンテしたりしていた。

かっとなって出てきたけど、まずいよな。

八宝斎《はっぽうさい》の仕事を放りだしてきたら……。

「街の結界は、まあ一年は保つだろう。勇者の聖剣も同じくらいは。でも……その後は？」

誰が結界と聖剣をメンテするというのだ。

「まあ、店を継いだセッチンがやればいいだけの話か。そうだよ……爺さんが言ってたじゃないか。八宝斎《はっぽうさい》の本来の使命は、メンテにあらずって」

俺は爺ちゃんの言葉を思い出していた。

『よいかヴィル。歴代の八宝斎《はっぽうさい》たちの役割はな、神器《じんぎ》を作り、天に奉納することだ』

俺の祖父、ガンコジー・クラフトが言っていた。

彼は先代の八宝斎《はっぽうさい》だ。

親父は、八宝斎《はっぽうさい》を継ぐために必要な、黄金の手を持っていなかった。

そこで、ガンコジーさん（※あだ名）は、孫の俺に八宝斎《はっぽうさい》の屋号を継がせたのだ。

『神器《じんぎ》って、なぁに爺さん？』

『神の奇跡がごとき力を発揮する、特別な魔道具《マジックアイテム》のことじゃ。われら八宝斎《はっぽうさい》は、はるか昔から、神器《じんぎ》を作るために腕を磨き続けてきた』

　そう言って、ガンコジーさんは俺に、自分の作った神器《じんぎ》の一つを、くれた。

『これはお手本じゃ。この神器《じんぎ》を参考に、ヴィルよ。おぬしは、自分オリジナルの神器《じんぎ》を作り、天に奉納するのじゃ。よいな？』

　……回想終了。

「そうだよ。俺のやりたいことは、ガンコジーさんみたいな、すげえ職人となって、神器《じんぎ》を作ることじゃあないか」

　俺は腰のベルトにつけてあるホルスターから、1本のハンマーを取り出す。

　銀色で、手のひらに収まるくらいの、小さいハンマー。

　これが、ガンコジーさんが作った神器《じんぎ》の一つ、神鎚《しんつい》ミョルニル。

「メンテの仕事は、爺さんが死んで食うに困って、親父が始めた事業だ。つまり、本来の八宝斎《はっぽうさい》の使命じゃない」

　それに、親父も死に際に、こう言っていた。

『ヴィル、もしおまえが店を出るようなことがあれば、好きに生きて良い』

　死ぬ数分前、傍らに立つ俺に、そう言ったのだ。

　ちなみにそのとき、馬鹿弟はいなかった。

　今にして思えば尻軽女《シリカル》とよろしくやってたのだろう。

『店の経営や、メンテの事業は、はっきりいって他のやつでもできる。修業を積めばな。……だが、八宝斎《はっぽうさい》としての使命を完遂できるのは、今の世界ではただ一人。黄金の手を持つ、おまえだけだ』

親父はしわくちゃで、でも分厚い職人の手で、俺の手を握りしめた。

『おれが始めた店や事業は、最悪どうでもいい。けれど、先祖代々受け継がれてきた、八宝斎《はっぽうさい》の名前と技術、そして使命は……絶対に後世に残さねばならない』

そう言って親父は息を引き取った。

「親父……ガンコジーさん……」

俺はハンマーを持つ手の甲を見やる。

そこには、一つの紋章が描かれていた。

太陽の紋章。

これが、黄金の手の持ち主であることの証。

「わかったよ。俺、好きなように生きる。八宝斎《はっぽうさい》として、俺オリジナルの神器《じんぎ》を作る‼」

今後の方針が決まった。

店とメンテは、店を継いだセッチンに丸投げ。

俺は神器《じんぎ》を作るため旅に出よう。

「腕を磨きながら、世界を旅するんだ。そこで素材とか、インスピレーションを集めて、そんで……作り上げる」

俺は神鎚を持ち上げる。

「ガンコジーさんが作ったこのミョルニルのような、すんげえ神器《じんぎ》を！」

さて。

そうと決まったら早速行動開始だ。

「さっさとこの王都から離れるに限るな。もう店には戻らんし」

セッチンもシリカルも、確実に困るだろうが、まあがんばりな。

すぐにあいつらに見つからないように、できるだけ遠くに行こう。

「さ、工作の時間だ」

俺は近くに落ちていた小石を手に取る。

「黄金の手……起動《オン》。神鎚《しんつい》ミョルニルと接続」

手の甲に描かれた紋章が輝く。

太陽の輪から五本の線が伸びて、俺の五つの指を経由して、ハンマーに接続する。

「スキル超錬成、発動」

俺の人差し指に走る線が強く輝く。

黄金の手には、もの作りに関するユニークスキルが宿っている。

それは黄金の手を持つ人間だけが使える、唯一無二のスキルだ。

歴代の八宝斎《はっぽうさい》達は、みな黄金の手を持っている。

そしてそれぞれ、異なるもの作りスキルを持っていた。

俺は、その中でも特別らしい。

『ヴィルよ。おぬしは特別だ。通常、黄金の手には一人につき一つのスキルしか宿らん。しかし、おぬしには五つの、それぞれ異なったもの作りのスキルが備わっている。これは、長い八宝斎《はっぽうさい》の歴史の中で、おぬしだけだ』

ガンコジーさんはそう言っていた。

俺は五つあるうちの、一つを発動させる。

「【錬成：小石→転移結晶】」

俺は宣言して、ハンマーで小石を叩く。

その瞬間、小石が変化した。

アメジスト色の、美しいクリスタルに。

●転移結晶（SSS）
↓一度行ったことのある場所へなら、どこへでもテレポートできるクリスタル。使い捨て。

「よし、超錬成、問題ないな」

かつて存在した、黄金の手の持ち主の一人セイ・ファートさんは、小石を黄金に変えたという。

超錬成は、魔力と素材を消費することで、別の凄いアイテムを作り上げるスキルだ。

ただし、同質のものに限る（※石から水は作れない）。

小石を二つばかり持ち上げる。

「【錬成：小石↓黄金】」

俺の手の中に、二本の金のインゴットが握られる。

「これを売れば、まあ路銀には困らないな。……もっとも、やり過ぎると市場がめちゃくちゃになるから、注意しないと」

もちろん直接金貨を作ることだってできるが、それをやると面倒ごとが増える。だから、やらない。

やるのはインゴットまで。

しかも、やりすぎは御法度。

「あとは、これをしまって……」

俺は神鎖を持ち上げて、何もない空間めがけて振り下ろす。

「■《ボックス》、オープン」

目の前に■の形をした、黒い箱ができた。

これはアイテムボックス……の、ような効果を持つ特別な箱だ。
■《ボックス》のなかには他にも色々入ってるのだが……まあそれは今はどうでも良い。
インゴットをしまって、準備完了。

「あとは転移結晶を……いや待て。転移だと行ったことのある場所にしか行けないか。どうせなら、行ったことない場所に行ってインスピレーションを得たいよな」

ということで、俺はまた超錬成を発動。

「【錬成：転移結晶→漂流《ドリフト》転移結晶】」

●漂流《ドリフト》転移結晶（SSS）
→自分の行ったことない場所に、ランダムで転移する。

「漂流《ドリフト》転移、起動！」

目の前が真っ白になり、俺はその場から転移した。

一瞬で視界が切り替わる。

「これで、行ったことない場所に飛ばされた訳か……森の中？」

かなり暗い森の中に俺はいた。

時間は夜なのか？

「きゃぁああああああああ‼」

「！　女の悲鳴だ」

何かあったのだろうか。俺は声のする方へと向かう。

女の子が、熊のモンスターに襲われていた。

「助けなきゃ！」

武器は、人を助けるための道具だ。

それを作る職人もまた、人助けの精神を忘れてはいけない。

これは親父の言葉だ。

あの人は俺に、何も技術面で教えられなくてすまないって謝っていた。

けどそんなことはない。

俺はあの人から、職人としての魂を受け継いでる。

「たすけてぇえええええええ！」

「グロォオオオオオオオオ！」

熊が女の子を襲う……そこへ。

俺は飛び出して、熊の脳天めがけてハンマーを振り下ろした。

「やめろ」

どがんっ……！　と一撃で熊は、あとかたもなく、粉砕された。

「す、すごい……あの熊を、一撃で……！」

女の子が驚いていた。ま、助かってよかった。

第一話　伝説の鍛冶師は、獣人少女と旅に出る

「さて、お嬢ちゃん。大丈夫かい？」

深い森の中。

目の前には、獣人の女の子がいる。

年齢は七歳くらい。狼がまじってる、かな？

ピンと尖った耳にホウキっぽい尻尾。

赤い色のボサボサの髪、ガリガリの体。

そして……。

「君、怪我してるね」

それもだいぶひどい。左足が丸ごと欠損していた。

傷口が新しい。

たぶんさっきの熊モンスターに食われたのだろう。

右腕がプラン……と垂れ下がってる。

「右腕が動かないのは、生まれつきかい？」

「…………」

女の子が凄い警戒してる。

こっちをじっとにらみつけていた。

まあそうか。

カノジョから見りゃ、急に現れた変な男にしか見えないだろう。

「大きな怪我はそんなとこか。あとは打撲や打ち身が……おや？　首に……」

ばっ、とオオカミ少女が首もとを隠す。

だが、ハッキリ見えた。

ごつい革の首輪が。

……なるほどな。

「君は商品なんだな。奴隷商の」

よく見れば女の子は整った顔をしてる。

さぞマニアに高く売れるだろう。

しかし商人は……。と思ったら、近くに大きな血だまりがあった。

たぶん、食われてしまったんだな。

「っと、悠長に見てる場合じゃ無かった。嬢ちゃん、怪我治してやるよ」

「………………」

狼尻尾が膨らみ、そして垂直に立つ。どう見ても警戒されてるなぁ。

「そんなに警戒しなさんな……つっても、直ぐに信じるのは無理か」

血だまりの商人を見て、うなずく。

たしか奴隷商が死んだ場合は、拾ったやつの持ち物になるんだったな。

「嬢ちゃん、ちょいと動くなよ」

「え？」

俺は手に持ってる神鎚《しんつい》ミョルニルに、力を流す。

手の甲には太陽の紋章。

黄金の手。それが俺の能力。

これには五つのユニーク生産スキルが宿ってる。

さっきは超錬成を使った。次は、別のスキルを使う。

「【万物破壊】……レベル一【分解】」

日輪の紋章から、俺の中指を通って神鎚《しんつい》ミョルニルに力が付与される。

俺はハンマーを、彼女の首輪に、こつん……と当てる。

すると……パラ……と首輪がほどけて地面に落ちた。

「え⁉　い、今……なに、したの……？」

あ、やっとしゃべった。

「ハンマーでこつんと、首輪を叩いて、スキルを発動させたんだよ」

「すごい……何も、見えなかった」

目も悪いのかな？　まああとでまとめて治すか。

今のは、黄金の手が持つ生産スキルの一つ、万物破壊。

文字通り、ハンマーが触れたあらゆるものを、完璧に破壊してしまうスキルだ。

そのまま使うと強すぎるから、パワーを抑えて、分解にして使った感じ。

なぜ破壊が生産スキルかって？

破壊は、創造に必要なプロセス。つまりは、作ることに通じる力なんだよね。

「奴隷の首輪……外せば首が吹っ飛ぶって……」

「うん。だから分解した。これで君は死ぬことはない」

もし殺すつもりだったら、分解なんてしなくてよかった。

そうしなかったのは、この子を生かすためだ。

これで、少し警戒を解いてくれればいいんだが……。

「……あり、がと」

おや、意外と素直だな。警戒してたのに。

「どういたしまして。他の痛いところ、治して良いかい？」

「う、うん……治すって、治癒魔法？」

「いーや、生産スキル」

「せいさん……すきる？」

俺はハンマーを、狼ちゃんの太ももへ持っていく。

狼ちゃんが身体をこわばらせる。

ああ、ハンマーで首輪ぶっ壊したから、怯えてるのか。

「だいじょーぶ。殺さないから」

「…………うん」

おびえが見て取れる。でもそれ以上に痛そうだ。

色々欠損してるし、打撲とかあるし、腕は動けなさそうだし。

「スキル発動。【全修復】」

こつん、と狼ちゃんの太ももを叩く。

その瞬間……。

まず、ちぎれた足が生えてきた。

打撲、打ち身がなくなる。

大量に流れ出た血が蒸発して消えて、狼ちゃんの顔色に血の気が戻る。

さらに動いてなかった腕が、動かせるようになった。

「は、え、えええええええええ!?」

お嬢ちゃん、びっくりしてらっしゃる。

「急に足とか生えてきたらびっくりするよなぁ。驚かせてごめんね」

「え、あ、う、うん。い、いや今のなに⁉」

「全修復。壊れた箇所を、ハンマーこつんで全部一瞬で治す」

「なにそれぇえええええええええええええええ⁉」

おお、出血で失った血が戻ったからか、元気いっぱいになったな。

超錬成。万物破壊。全修復。

この三つに加えてあと二つ。

俺には生産チートスキルが備わっているのである。

「とりあえず事情とか聞きたいけど……もう夜だし、野営の準備してからだな」

「あ、いや……いま夜なんじゃなくて、ここは……」

俺は近くにあった木に、ハンマーをコツンと当てる。

「【錬成：木→ログハウス】」

一本の木が光り輝くと、でっかい木の家が完成した。

今のは超錬成。こないだ石を金にしたスキルな。

木を使って、ログハウスを錬成したのである。

ぽっかーん……とする女の子。

「なに……なんなの？　お兄ちゃん……いったい？」

「元、鍛冶師だよ」

「か、かじ……？　え、か、かじしって……こんなこと、で、できる……の？」

まあ……そうだよな。

鍛冶師っていったら、鉄をかーんかーんして、剣を作るイメージだもんな。

「ちょいと訳ありな鍛冶師なんだ」

「そ、そうなんだ……」

「まあまあ、まずはお入り。中でご飯でも食べながら、お話しようぜ、狼ちゃん」

狼ちゃんはジッ、と俺を見つめた後に言う。

「……ポロ」

「ん？」

「私の、名前。ポロ」

「ポロちゃんか。俺はヴィル。ヴィル・クラフト」

「ヴィル……おにいちゃん」

お兄ちゃんか。なんか気恥ずかしいな。むずがゆい。

ポロちゃんは俺を見て、ぺこりと頭を下げた。

「たすけてくれて、ありがとう！」

……ありがとう、か。物を作る以外で、ありがとうって言われたの、ひさしぶりな気がする。

悪くない気分だ。うん。悪くない。

「おう、どういたしまして」

《キャロライン Side》

ヴィル・クラフトが森で獣人奴隷のポロを助けた、一方そのころ。

王国付近の草原では、未曽有の危機が訪れており、そして。

たった今、その危機を脱したところだった。

王国騎士団が到着し、その光景を見て絶句している。

「なんだ、これは……？」「古竜の大群……だったものですかね？」

彼らの目の前には、凍り付いた、竜の死骸が無造作に転がっている。

騎士団に、ある日通報があった。王国のとある場所で、古竜の大量発生があったと。

古竜。SSランクの恐ろしいモンスター。

騎士団が束になってもなお、無傷では勝てない相手。

Sランク冒険者ですら手を焼く、恐ろしい強さのモンスター。

そんな古竜が大群となって、王都へ進軍しているという報告を受けて、王国騎士団は準備を整えて現地へやってきたのだ。

しかし、目の前に広がっているのは、凍り付いた竜の群れ。

「百はあるぞ、この死体……いったい誰が？」

「ばかおまえ、わかるだろう。あのお方のおかげだ！」

騎士団長が目の前を指さす。

死骸の山の上に、ひとりの女性が立っている。

空色の髪。真っ白な肌。アメジストの瞳を持った、とてつもない美少女だ。

騎士団員たちはみな、彼女の美しさに目を奪われる。

軽鎧を身にまとい、七色の光を放つ刃を持つ聖なる剣士。

「氷聖剣の勇者、キャロライン・アイスバーグ様だ！」

女勇者キャロライン。今年で一八になるという。

身長は女性にしてはやや高めの一六五センチ。

体つきは、細身だ。しかし胸は大きく、腰はきゅっと引き締まっている。

均整の取れたプロポーションに、その美しく整った顔から、国内外問わずファンが多い。

現に騎士団員たちはみな、女勇者キャロラインに見とれていた。

彼女は聖剣をじっ、と見つめた後、その場から帰ろうとする。

「お、お待ちくださいキャロライン様！」

騎士団長が彼女を呼び止める。

ちら、とキャロラインがこちらを一瞥する。

「……なに？」

とても静かで、耳に心地よい響き。

そのはかない見た目、そして美しい声、男には垂涎モノの大きな胸に尻。

若い団員たちは彼女と少しでも会話したくてうずうずしていた。

そんな若い連中をいさめて、団長が彼女と会話する。

「勇者様、ご確認があります。この古竜、ざっと見た感じでは百体ほどおりますが、すべて、あなた様がおひとりで？」

「……そう」

おお！　と団員たちが歓声を上げる。

古竜一匹と戦うだけで、騎士団が壊滅する危険性があった。

そんな強敵百体を、たったひとりで倒して見せた。

その恐るべき強さに、騎士団長は驚嘆を禁じ得なかった。

「……もういい？」

「あ、お、お待ちくだされ！　我らとともに王城へまいりましょう。国王に御報告をせねば。報酬を支払う必要もありますし」

氷聖剣の勇者は、ここ、ゲータ・ニィガの勇者だ。

そう、この世界には国ごとに勇者が存在する。

獣人の国ネログーマには、水聖剣の勇者。

エルフの国アネモスギーヴには、風聖剣の勇者。

この大陸には六つの大きな国がある。

それぞれに勇者、そして六本の聖剣が存在する。

というより、国ごとに聖剣を保有しており、聖剣に選ばれたものが勇者なのだ。

……そして、その六本の聖剣をメンテしているのは、言うまでもなく彼である。

彼は王国だけでなく、残り五大国にとっても、非常に重要な人物であるのだ。

まあ、それはさておき。

勇者は国が手に負えないモンスターを討伐したとき、国庫から報酬が支払われることになっている。

しかし、氷聖剣の勇者キャロラインは、騎士団長を無視してどこかへと立ち去ろうとしていた。

「お、お待ちください！　どこへ！」

「剣」

「はい？」

キャロラインが、氷聖剣を持ちあげる。

「剣、刃こぼれした」

「はあ……刃こぼれ。まあ、聖剣も剣、消耗品ですからな。それが？」

ぎょっ、と騎士団長が瞠目する。

氷の女、勇者キャロラインが……。

「「「わ、笑ったぁ⁉」」」

そう、まるで恋する乙女のように、潤んだ、そして熱烈な視線を聖剣に向けている。

ありえない。いつどんなときだって、クールな表情しか見せない勇者キャロラインが。

笑ったのである。

なにかを、期待してるような表情だ。

「……そういうわけだから」

キャロラインはフッ、とその場から消え去る。

何が起きたのか理解できたものは少ない。

彼女の持つ聖剣の力を発動させたのだ。

「い、一瞬で消えてしまいましたね」

「ああ、おそらくあれが、氷聖剣の特別な力なのだろう」

騎士団長はその能力のすごさに、ただただ感心するしかなかった。

力の正体はわからない。

しかし目の前の古竜百体討伐を達成したのは、間違いなくあの聖剣があったからこそだ。

「それにしてもすごいですね、キャロライン様！　強くて、美しくて！　我が国になくてはならない存在ですよね！」

「ああ。あのお方がいるおかげで我が国は平和なのだ。古竜百体なんて、彼女じゃなければ対処できなかった」

他国の勇者たちは、それぞれの国に所属しており、頼んだところで力は貸してもらえない。

ゲータ・ニィガ王国が平和なのは、圧倒的な力を持つ、かの氷の勇者がいるおかげなのである。

「でも逆に言えば、彼女がいなくなったらやばいっすよね。町を守る結界だけじゃ、モンスターに襲われたとしても、根本的な解決にならないですし」

若い騎士が騎士団長にそう言う。

団長はうなずいて答えた。

「そうだ。だから、くれぐれも、キャロライン様には失礼の無いように。彼女がもし王国からいなくなるような事態になれば、この国はおしまいだ」

それほどまでに、氷聖剣の勇者キャロライン・アイスバーグは、王国にとってなくてはならない存在なのである。

……さて。当のキャロラインはというと。

頭からすっぽりとマントをかぶり、王都にやってきていた。

るんるんと、鼻歌を歌いながらスキップしている。

『なんやキャロ、ご機嫌やなぁ？』

彼女の肩には一匹の子猫が乗っている。

――もちろん、この猫はただの猫ではない。

キャロラインにしか見えない、特別な存在だ。

「……アイス」

アイスと呼ばれた猫は、にんまりと口の端を吊り上げる。

『まーた、あの愛しの王子様のところにいけるのが、うれしいんやろ？　ん？』

王子様というのは、この国の王の息子……という意味ではない。

特定の一人をさす。

「……ええ。ヴィル様に、会える」

彼女が頬を赤く染めて、弾んだ声で言う。

心臓がどきどきと高鳴っていた。

そう、氷聖剣の勇者キャロラインはヴィル・クラフトを心から愛しているのである。

『あんたもヴィルやん好きやねー。古竜倒したのも、ヴィルやんに会うためやろ？　そのために、うちを酷使してさ～、もーまいっちまうでー』

そう、なんとこの猫、じつは氷聖剣に宿った意思。

剣精《けんせい》、と呼ばれる特別な精霊なのである。

六本の聖剣にはそれぞれの剣精《けんせい》が宿っている。

氷聖剣アイスバーグの剣精《けんせい》、それがこの猫、アイスの正体だ。

『まあうちもヴィルやん大好きやで？　あの人のメンテ、最高やかんなぁ。今まであんなに丁寧に聖剣を取り扱ってくれた八宝斎《はっぽうさい》はおらん。って、ほか五体の剣精《けんせい》たちもべた褒めしとったな』

「……そう。ライバル多いの。だから、がんばらないと」

聖剣は六本。そして勇者も六人。

……その全員が例外なく、ヴィルに好意を持っているのだ。

聖剣の使い手も、聖剣に宿りし剣精《けんせい》からも。

『ヴィルやんから、古竜百匹は倒さない限り刃こぼれしないーって言われたから、今回の古竜の群れを倒したんやろ？』

「……当然。私が剣を振るのは、ヴィル様のため。あの人がいるからここにいる」

……裏を返せばヴィルがいなければ、もうこんなところにはいないということだ。

「……ヴィル様。ああ、ヴィル様っ」

『お熱やなぁ。っと、もう着いたで。ここがヴィルやんの新しい店やな』

前の工房とは別の場所に、ヴィルの店が立っていた。

キャロラインはあわてて髪の毛を手ぐしで直す。

氷で鏡を作り、何度も何度もおかしなとこがないかチェック。

『問題ないって。美人やで』

「……よし！」

コンコン……とキャロラインは扉をノックする。心臓がバクバクしててうるさい。

早く出てこないかな、早く……と彼との再会を心待ちにしていると……。

「いらっしゃーい……って！　あ、え、きゃ、キャロライン様⁉　あの、氷聖剣の勇者の⁉」

……出てきたのは知らない男だった。

素敵なヴィルとは全然似てない、変な顔の男。期待が外れたキャロラインは、先ほどの笑顔から一転、冷たい表情を男に向ける。

「……ヴィル様は？」

「ヴィル……？　ヴィル兄を御存じなのですか？」

兄？　ああ、じゃあこいつはヴィル様の弟なのだろうか。

それにしても、全然似てない。ヴィルのほうが一兆倍くらい素敵だ。

「……ヴィル様はどこ？」

「あ、兄はおりません」

なんだ、外出中か……と肩を落とすキャロライン。

しかしそれでも問題はない。

「……中で待たせてもらうわ。ヴィル様に、聖剣のメンテを頼みに来たの」

「あ、ああ！　それでしたら、このぼくが、担当させていただきます！」

……なんだ、この男。自分が担当？

「……どういうこと？」

そしてこの男……セッチンは、踏んでしまう。

虎の尾を。それも、盛大に。

「兄はクビになりました。今日からぼくが、この店のオーナーです！」

……勇者キャロラインは、今まで見たことないような、怒りの表情を浮かべた。

そして、氷の力を解放する。

パキィイイイイイイン！

「なっ⁉　きょ、今日納品予定の武具が！　粉々にぃ！」

キャロラインの力によって、店の商品が全部壊されたのである。

それも大事だが、それ以上に、この勇者を怒らせてしまったことに大いに焦る。

聖剣の勇者はこの国の最重要人物。

絶対に怒らせてはいけない相手だからだ。

「ど、どうなされたのですか‼　ま、まさか兄？　兄があなたを不愉快にさせるようなマネをしたのですか！　その腹いせでしょうか！」

……バカか？　いや、バカなのだろう。

キャロラインは一瞬で理解した。

このバカに、ヴィルはクビにされたのだろうと。

ヴィルが自分で店を辞めるわけがないし、父親は死んだと聞く。彼を追い出せるのはこの愚者のみ。

「……許さない。絶対に」

《セッチン Side》

ヴィル・クラフト不在の店にやってきた、氷聖剣の勇者キャロライン・アイスバーグ。

キャロラインはヴィルのことを心から慕っていた。

……そのヴィルをクビにしたことに、大変腹を立てていた。

しかしヴィルの弟、セッチンは不思議でならなかった。

(なんで……この勇者様はここまで、怒っているのだ!?)

セッチンからでは、店に来た勇者がただ急にキレたようにしか見えていないのだ。

……自分のせいでとはまったく考えていなかった。

「……ヴィル様はどこにいるの？　彼に会いたい。聖剣を直してもらいたいの」

(！　なるほど、そうか。メンテ係がいなくなったと思って、怒ってるのか！)

そういうことか！　とセッチンは勝手に思い込む。

ならば機嫌を取る方法も簡単だ。

「キャロライン様……兄に代わって、このぼくが、勇者様の氷聖剣アイスバーグを、メンテしてみせましょう」

『へー、あんたが？　できるんか？』

この声は聖剣に宿る意思、剣精《けんせい》によるものだ。

剣精《けんせい》の姿は通常、キャロラインにしか見えないし、声も聞こえない。

「……あなたには無理」

「できます！　やれます！　兄ができたことくらい……このぼくにとっては朝飯前です！」

……いったい兄の何を見て、そこまで自信満々になれるのだろうか。

いや、何も見てこなかったのである。

セッチンは父から才能が無いと早い段階で言われていた。

一方で父に才能があると、ひいきされてきた兄のことを、強く恨んでいた。

兄から持っているものを、奪い、恨みを晴らす。

そのことに注力しすぎた結果、セッチンは、兄の真の実力を知らないままだった。

兄にできるんだったら自分もできる、なんて根拠のない自信は、兄をよく知らないからこそ沸いて出てくるものだった。

『ここまで自信満々なんや。ヴィルやんと同じくらいのすごい鍛冶職人なんかもしれへん』

「……わかった。じゃあ、この子をあなたに任せる。もしきちんとメンテできたら、壊した武器の代金は全て支払うし、賠償金も支払う」

ＹＥＳ！　とセッチンは心の中で叫ぶ。勇者に貸しを作れるまたとないチャンスだ！

ここで実力を証明できれば、この勇者は今後もうちに来てくれるだろう。

兄はさらに悔しがることだろう！　なぜなら彼の仕事を、奪ってやったからだ！

……と意気揚々と、セッチンは作業場へと向かう。

氷聖剣アイスバーグを作業台において、セッチンは水を張った桶の中から砥石《と》を取り出す。

「おまちください、勇者キャロライン様！　今すぐ、この剣をメンテします！」

「……できなかったら、どうなるかわかってるわね？」

キャロラインの体から冷たい空気が漂っている。

怒っているのは確かだ。

しかし自分がメンテ係を兄の代わりにやれるとわかれば、怒りもおさめてくれるだろう。

セッチンは聖剣を手に取り、刃を砥石に滑らせる。

ザリザリッ……！

『い、いたっ！』

ザリザリザリッ！

『ちょ、痛いって強すぎや！　もっと丁寧に！』

アイスバーグが悲鳴を上げるも、彼は剣の声が聞こえない。

ザリザリザリザリザリザリザリザリザリザリザリザリザリザリザリザリザリザリ……！

『やめろボケなすぅうううううううううううううううううううううう！！！』

その瞬間、氷聖剣の刃が強く輝き、周囲を一瞬で凍結させた。

「ひぃいいいいいいい！　う、腕がぁ……！　腕がぁああああああああ！」

セッチンの両腕は、砥石ごと氷漬けにされてしまった。

それどころか、周りの鍛冶の作業に必要な道具が、ほぼ全て氷漬けになっている。

『おいこらボンクラ！　ド下手すぎるやろ！　なんやねん、あの力任せな研《と》ぎは！　剣の声に耳を貸さず、自分勝手なメンテしよって！』

もちろん、聖剣の声はセッチンに届かない。

勝手に力が暴走したとセッチンは思ってる。

『ええか!?　ヴィルやんは違った。道具の声なき声に耳を貸し、きちんと道具にも心があるって理解しながら、一回一回丁寧に研いでくれた！　あんたとは大違いや！』

「ゆ、ゆうしゃさま……！　これはいったい……？」

一部始終を見ていたキャロラインは、失望のため息をついて、聖剣に近づく。

剣を手に取って鞘にしまった。

「……この剣はとても怒ってる」

「け、剣が……？　な、なにを馬鹿なことをおっしゃっているのですか？　物が怒るわけがございませんよぉ？」

キャロラインも、そしてアイス・バーグも、この言葉で完全に見限った。

『あかんわ、こいつゴミ』

「この子も私も、あなたには失望しました。もう二度とこの店には来ません。賠償もしませんのであしからず」

は？　へ？　とセッチンの頭の上に疑問符が並ぶ。

「ちょ、ちょっと待ってください！　失望したってどういうことですか⁉」

聖剣の声が聞こえないセッチンからすれば、困惑するしか無かった。

キャロラインは冷たく愚者を見下ろしながら言う。

「……この聖剣は、生きてるの。意思が宿ってる」

「なっ⁉　そ、そんなばかな……」

「……ヴィル様は知ってたわ。聖剣の意思……剣精《けんせい》の存在を。そしてこの子が最高のパフォーマンスを発揮できるように、丁寧にメンテしてくれた……」

でも、とキャロラインはセッチンに、さげすみのまなざしを向ける。

「あなたのは、ただ研いだだけ。技術的に大きく、兄であるヴィル様に劣っている」

「そ、そんな……」

「この剣の持ち主である私には、わかる。剣の声が。ヴィル様に研いでもらったときは、すごく機嫌が良い。でも今は、この子は怒ってる。あなたに、たいそう怒りを覚えてる」

だから、氷漬けにされたのだ。

勇者が嘘を言うわけがないことと、目の前のこの氷漬けの光景から、カノジョの発言が正しいことが裏付けられてしまった。

「う、うそだ……うそだうそだ！　兄に劣るなんて、ぼくは信じないぞ！」

下手であることを認めず、自分が凄いと意固地になる。

典型的な愚か者のすることだった。

『見限って正解やな』

「そうね。いきましょう。もうここには二度と来ないわ」

そして勇者は去った。

「そんなぁ～……」

兄に劣ると馬鹿にされ、店の商品も粉々に砕かれて……。

そのうえ、両腕は氷漬けにされている。道具も、使い物にならない。

するとどうなるか……。

「セッチン？」

「シリカル……！」

兄から奪った婚約者が、店に入ってきたのだ。

「剣がまだ納品されてないから様子見に来たけど……これは一体……？」

商品棚は空っぽで、作業場は氷付けにされている。

シリカルが驚くのも無理からぬことだった。

「それに……氷の勇者さまとさっきすれ違いになったんだけど……」

「あ、ああ……さっきまで……ここに来てた。聖剣のメンテだって……」

「それで？」

「……失敗した。怒らせてこの有様。そんで、もう二度と来ないって……」

シリカルの顔から、血の気がどんどんとひいていく。

「で、でも！　別に勇者が一人来なくなったからってどうってことないだろ？　客はまだたくさんいるんだから……」

「こ、このばか！」

急に婚約者から罵倒されて、困惑するセッチン。

「ど、どうしたんだよ……？」

「キャロライン様はこの国のＶＩＰなのよ！　そのカノジョに嫌われたら、国に嫌われたのと同義なのよ！」

「なっ……!?　なんだって!?」

「どうしてそんなことも知らないのよ！　ヴィルは知ってたわよ！」

ヴィル……ヴィル……ヴィル……。

どいつもこいつも、兄を褒めやがる。

「う、うるせえ……！　今ヴィル兄は関係ないだろ！」

「怒鳴らないでよ！　そもそも納品どうするのよ!?　早く作ってよ！」

「無理に決まってんだろ！　この腕と作業場を見やがれ！　どうやって作れってんだよ！　そんなのもわからねえのかよ馬鹿！」

「馬鹿はあんたでしょ！」

……醜く罵り合う、セッチンとシリカル。

そして、悪いことは重なる物で……。

「し、シリカル会長……」

店の入口に、ハッサーン商会の部下がやってきたのだ。

「なに⁉　今取り込み中！」

「あ、えっと……王家が、すべての取引中止を通達してきました……」

……シリカルもセッチンも、一瞬部下の言ってることがわからなかった。

だが、次第にことの重大さに気づき……。彼らの顔は、真っ青になったのだった。

《ヴィルSide》

夜も遅いということで、俺は家をちょいと建てて、野営することにした。

「わぁ！　すごいよヴィルおにいちゃん！　このおうち、とっても素敵！　それにすごい！」

ポロが俺の建てた家を見て感想を述べてくれる。

「おうちのなか、すっごく温かいの！　それに、このふわふわの椅子、すごい！」

ここは木から作ったただのログハウスだ。

しかしちょいと仕掛けがされている。

「家の壁に断熱の魔法が付与されてるんだ」

「ふよ？」

「そう。俺の物作りスキルの一つ。付与《エンチャント》」

作ったものに魔法的効果やスキルを付与する、物作りスキルだ。

断熱を付与した材質で家を作ったので、家の中があったかいわけだ。

「このふわふわは？」

「それはソファ。俺が前に作ったやつを、■《ボックス》から取り出したのさ」

「ふわふわでとってもきもちぃー！　すごーい！　やわらかーい！」

ふふ。やっぱりいいなぁ。

作ったもので、誰かが笑顔になってくれるってのは。

「風呂入るか。汚れてるし」

「おふろ？　おふろなんてあるの？」

「おうよ。当たり前だろ。家なんだから」

「な、ないよ。おふろ。私の住んでたとこ……」

そうなのか。王都だと風呂付物件って当たり前にあるけど。

いや、でもそうだな。王都の外だとこんなもんかもな。

「おいで。お風呂も作っといたから」

俺はポロと一緒に風呂場へ行く。

浴槽とシャワー完備だ。

「この蛇口をひねると熱いお湯がでるぞ」

シャワーの蛇口をひねってみせると、しゃあああ……とちょうどいい温度のお湯が出てくる。

それを見てポロがきょとんとしていた。

「お、おにいちゃん……この家って、さっきの木から、一瞬で作ったんだよね？」

「ああ、そうだな」

「シャワーつき、ゆぶねつきの、手作りのおうちなんて、聞いたことないよ？　そもそもどういう原理でお湯が出るの？」

「うーん……どういう原理って言われても……」

なかなか難しい話だ。

俺はポロに逆に質問する。

「ポロちゃんって、腕の動かし方、人に説明できる？　足の動かし方は？」

「ううん、説明って言われても、当たり前すぎて説明できない……あ」

「そう。俺にとっては、手足を動かすのと同じことなんだよ。何かを作ることは」

こういうものを作りたい、と思うと自然と体が最適な動き、力を使ってくれるのだ。

無論全部が全部じゃあないけどね。

考えて作るときもある。

けど、こうしたほうがいいかなって思うと自然と、最適な作り方がイメージできる。

それに俺にはこの黄金の手があるから、イメージを形にしてくれる。

「おにいちゃん、すごい！」

きらきらした目をポロちゃんが向けてくる。

「それって、思い描いた理想を、現実のものとして作り出すってことでしょー！　すごいよー！」

「そ、そっか……？」

俺に取っちゃ当たり前にできることなんだが……。

シリカルも、あんま褒めてくれなかったし。

ああでも、先代の八宝斎《はっぽうさい》ガンコジーさんも、俺の親父も褒めてくれてたっけ。

それに、勇者の女の子たちも。

「忘れてたなぁ、俺のこと、ちゃんと褒めてくれる人がいるって」

最近はずっと、シリカルに飼い殺しみたいな感じだったし、あいつ全然褒めてくれなかったし、褒められる機会減ってたからな。

あいつ、職人《おれ》なら一日に九九九本のAランク品作って当然みたいなこと、言ってきてたし。

職人ばかにすんじゃねえよ。職人がAランク作るのだって結構大変らしいんだぞ。

まあ…俺は正直実感ないけども。この手の恩恵《ギフト》があるから。

「さ、お風呂入りなさい。着替えも置いとくよ。ご飯も作っておくから」

「ほんと？　わーい！　おにいちゃんありがとー！」

★

■《ボックス》に入っていた食材を、超錬成を使って一瞬で料理に変える。
この錬成の力、すごい便利だよな。

食材さえあれば、ハンマーこつんで一瞬で温かい料理ができるんだから。

「おふろでたよー！　おにいちゃん、このお洋服とっても着心地いいね！」

ポロちゃんが着ているのは上下のパジャマだ。

俺の手で作った、着心地のいいパジャマ。

「おにいちゃん、おうちだけじゃなくて、お洋服までつくれるんだ！」

「まあな。いちおう、なんでも作れるよ」

人間以外。

「すごい！　おにいちゃん神様みたいー！」

「神様じゃないよ。ただの鍛冶師。ちょいと特別なね」

あんまり自分が特別って自慢するみたいだから言いたくないけど。

でも俺は、天才である祖父、そして、才能がなかった親父、どちらの職人の技も見てきた。

ガンコジーさんは、規格外だった。

いろんなすげえ魔道具《マジックアイテム》を次から次へと開発していた。

親父は、ガンコジーさんと比べたら、技量で劣っていた気がする。

いつも彼は言っていた。自分は凡人だって。

でも仕事は丁寧だったし、なにより、俺は親父から職人としての思想を学んだ。

天才と凡人。

どちらの職人も見てきている。

ふたりの職人の生きざまが、今の職人としての俺を作ってる気がする。

「さ、お食べなさい」

「うん！」

あったかいグラタンにシチュー、それにやわらかいパン。

ポロは実においしそうに食べていった。

「おいしい！　こんなおいしい料理うまれて初めて食べたよ！」

「そうかい、もっと食べな」

じっ、とポロが俺を見つめてきた。

「どうした？」

「……おにいちゃん、どうして、あたしにこんなにやさしくしてくれるの？　神様だから？」

「神様じゃあないよ。俺はただ、作ったもので、人を笑顔にしたいだけさ」

これは、親父から学んだマインドだ。

先代の八宝斎《はっぽうさい》であるじーさんは、そりゃあもう頑固者だった。

モノ作りに関して、とても意識の高い人だった。

より良いものを作りたいって気持ちが強くて、作った後のことなんて、あんまり考えていなかった。

神のアイテム、神器《じんぎ》を作ることこそ至上命題ってな。

「でも、親父は違った。自分が作ったもので、誰かを幸せにしたい。作ったものを使って、誰かの暮らしが楽になってくれたらいいいって」

いつだって親父は、使ってくれる誰かのために物を作っていた。

俺は、どっちかといえば親父の考え方のほうが好きだと思ってる。

もちろん神器《じんぎ》作りは成し遂げたいよ？

でも、ものづくり、職人としてのマインドは、親父のそれを持ち続けたいと思ってる。

「って、ちょっとクサかったかな？」

「ううん！　とってもすてき！　すっごい素敵な考え方！　誰かを笑顔にするための道具作り、すっごい素敵だよ！」

子供だからか、持ってる語彙が少ないのだろう。

でも精いっぱい褒めてくれる。それがとてもうれしかった。

「あんがとな。だから俺は、神様じゃあないよ。俺は職人さ。ただちょいと特別な手を持ってるだけのね」

★

その後ポロはふかふかベッドで眠った。

よっぽど疲れてたんだろう、横になった瞬間眠っていた。

そして、翌日。

「ポロ、朝だぞー……って、え、えええ⁉」

ベッドの上には、ものすごく美しい女性が眠っていた。

身に着けているのは、ぴっちぴちのパジャマ。

身長は一六〇くらいか。背は結構高めだ。

赤い髪。そして目を引くのは、その大きな胸だ。

それに顔も、めちゃくちゃ整ってる。どこの美女ですか……？

「ふぁぁ～……おふぁよぉ～……ヴィルお兄ちゃん」

「え？　まさか……ぽ、ポロ？」

ぱちくり、とポロがまばたきする。

「なに驚いてるの？」

「いやおまえ、なんか、成長してない？　てか美人になってないか？」

ポロが自分の体をぺたぺたとさわる。

目を丸くして、そして納得したようにうなずく。

「ポロ、存在進化したみたい」

「そ、存在進化？」

なんだいそれは？

「魔物に見られる現象だよ。大量の魔力を吸収した魔物は、ワンランク上の種族に進化するの」

「ほ、ほぉ……でも、君は獣人じゃないの？」

「獣人って魔物の血がまじってるから、同じ理屈が通用するんだよ」

へ、へえ……。でも、なんでだ？

大量の魔力なんて、いつポロは体に取り込んだんだ？

「ほら、お兄ちゃんの作った料理！　あれだよきっと」

「ああ、食材に俺のスキルを適用したから、魔力を帯びてた、ってこと？」

「そう！　すごいよお兄ちゃん！　ただ料理作っただけで、獣人であるあたしを一回で進化させちゃうなんて！　すごい！」

どうやらこれはすごいことらしかった。

うーん、もの作り以外のことは、よくわからんな……。

★

獣人のポロと野営した。

翌日、俺はポロと一緒に歩いていた。

「本当についてくるの？」

「はい、ヴィル様」

存在進化したことで、大人のお姉さんみたいな見た目になった。

その影響か、しゃべり方も変化していた。

「なんかキャラ違くない？」

「お姉さんになりましたので。それと、その、も、もう赤ちゃん産めますので！」

「はぁ？」

まあ魂は肉体に引っ張られるっていうしな。

「こほん。私は帰る家がございません。できれば、おそばに仕えさせていただけたらと」

ポロの家族は、彼女が幼い頃にみな死んでしまったそうだ。

その後悪い商人に捕まってしまったという。

顔は良いから買い手は結構いたらしいんだが、気性が荒いせいで何度も売りに出された。で、次の新しい買い手のもとへ行く途中、馬車が襲われたとのこと。

故郷に帰っても家族も友人もいない。

だから、ついてきたいんだってさ。

……まあかわいそうだし、別に同行してもいいかなとは思ってる。

「わかった。ついてきていいよ」

「ほんとですかっ！　ありがとうございます！」

うれしいのか、ぶんぶんとポロの尻尾が激しく揺れる。

おお、彼女の乳もぶるんぶるんと。

ちなみに彼女は、俺が仕立てた新しい服を身に付けている。

服は着てるけど武器も何も無い状態だ。

「これからどうしますか、ヴィル様」

「そうだなぁ。歩き旅だと疲れるし、どっかで馬車でも調達したいね。食材の補給もしたい」

「でしたら、この奈落の森《アビス・ウッド》を抜けた直ぐ近くに、村があったはずです」

ポロは貴族の屋敷を転々としてきた。

屋敷には結構な客が来るらしい。

「会話が聞こえるんです。私、耳が良いんで」

ぴくぴく、と狼耳が動く。

なるほどなぁ。

「じゃあその村まで案内よろしく」

「はい！　ではこちらです！」

ポロの案内で歩いてしばらく歩いて行くと森を抜けることに成功。

草原を歩いていくと、貧相な柵で囲まれた村を発見。

「あれか」

「はい。あそこが目的地、デッドエンド村です」

なんだか物騒な名前の村だな。

デッドエンドって。

「けどなんか、様子おかしくないか？」

「そうですね……見に行ってみます？」

そうだな。

俺はポロと一緒に村を訪れた。

「なんじゃこりゃ……水浸しだ」

村の中は結構酷い有様だ。

半壊した建物があちこちにあるし。

道はぐしゃぐしゃに浸水している。

老人達が困り果てた表情で、壊れた家の前で立ち尽くしていた。

「私、ちょっと話聞いてきます！」

「あ、おい！　……足早いな。もう行っちゃった」

ポロは村の老人と会話する。

すぐに、老人の一人を連れて俺のもとへと戻ってきた。

「わしはこの村の村長、アーサーと申しますじゃ」

村長のアーサーさんに、俺は挨拶をする。

「俺はヴィル。旅人だ。なんかあったのか?」

「実は先日の大雨の影響で、村が洪水にあいましてのぅ」

「大雨……洪水……それでか」

村がやばいことになってるのは、近くの川が氾濫した影響らしい。

「この村には若い衆がおりませぬ。どうしたものかと途方に暮れておったところなのです」

確かに、村を見渡しても、じーさんばーさんしかいないな。

土嚢《どのう》を積むのも一苦労だろう。

このままじゃ雨がまた降ったら、今以上に村がやべえことになりそうだ。

かわいそうだなぁ……よし。

「じーさん。俺が手を貸してやるよ」

「なんと。よろしいのか?」

「ああ。直すのは得意なんだ」

俺は一番近くにあった家の元へ行く。

洪水のせいで、壁が壊れて、中もぐっしゃぐしゃだった。

俺は神鎚《しんつい》ミョルニルを手に取って、それを太陽の手と接続。

壊れた家に向かってハンマーを振る。

「全修復」

こつんっ。

ずおぉおおおおおおおおお！

「お、お、おおお⁉　なんと！　一瞬で壊れた家が元通りに！　す、すごい！」

俺の太陽の手には五つの物作りスキルが刻まれている。

そのうちのひとつ、全修復。

壊れた物をそっくり元通りに戻すスキルだ。

木の家が元通りとなった。

「このままだとまた雨降ったときに崩れるか。よし」

■《ボックス》から俺は鉱石を取り出す。

これはよく使う、ありふれた鉱石だ。

「錬成」

鉱石を一度、こつん。

続いて、木の家をコツン。

すると鉱石と木の家が合わさって……。

「す、すごいですヴィル様！　頑丈そうなおうちが完成しました！」

「修復ついでに、補強しておいたぜ」

じーさんが目を丸くした後……深々と頭を下げる。

「ありがとうのぅ、若いの。助かるのじゃ」

「なんのなんの。さ、残りもサクッと修復&補強していくか」

コツン。

コツン。

コツン。

「おお！」「すごい！」「すごすぎる！」

家を次々直していくと、じーさんばーさんたちが大喜びしてくれる。

うんうん、直して良かった。

「とても助かったのじゃ」

「いや、まだだね」

「というと？」

「川まで案内してくれないか？」

俺はアーサーじいさんと一緒に村を出て、近くの川までやってきた。

思った通り堤防なんてものはない。

今まさに、川が雨で増水していた。

このままじゃ、また雨が降ったら大洪水を起こすだろう。

「てことで、錬成」

俺は川の近くの地面を、ハンマーでコツン。

ずぉおおおおおおおおおおおおお！

「おお！　土が隆起してあっという間に堤防に！」

川に沿って遥か遠くまで堤防が続いている。

物作りの一つ、超錬成。

素材があれば、物を作り替えて、どんなものでも作れる（同質のものに限るけど）。

「すさまじいのぅ。その手は」

「そうそう。超錬成を使えばこれくらいは朝飯前なんだよね」

「いやぁお見事、お見事」

「いやいやどうも。さて、最後の仕上げといきますか」

「まだなにかするのかの？　もうたくさん良くしてもらったのじゃが？」

雨で川があふれかえったってことは、また近いうちに同じことが起きる。

俺はさっきの森へ行く。

「さてやりますか。神鎚《しんつい》ミョルニル……形態変化」

俺が命じると、神鎚《しんつい》ミョルニルはぐんぐんとでっかくなっていく。

「なんという大きさ！　そして、それを軽々と持ち上げるお主、すごい！」

「どうなってるんですかこれは⁉」

俺はポロに説明する。

「このハンマー、魔力を必要とせず、命じれば好きな形に変化できるんだ」

「す、すごい……！　万能のハンマーですね！」

ふふふ、じーさんの作った神器《じんぎ》はすごいんだ。

形の変化もそうだけど、俺の力を引き出す触媒になってくれている。

「そんで……よいしょぉお！」

俺はでかハンマーを思いっきり、森の地面にたたきつけた。

ドゴオォオオオオオオオオオオオン！

ハンマーの一撃で、森の木々は粉砕。そして大きな穴ができた。

「そんでもういっちょ！」

俺は今度は、穴の位置から、川の方角へ向かってハンマーを振り下ろす。

「どっこいしょ！」

ハンマーを振り下ろすと、衝撃が一直線に走る。

さっきと違って、衝撃に指向性が存在する。

衝撃波は森の木々を砕き、地面を引き剥がしながら、まっすぐ進んでいく。

ちょうど、この大穴と川とをつなぐ道を作った。

すると……。

ドドドドドッ！　とそこへ水が流れ込んでくる。

川からの水が森の中の穴に入っていき、やがて池を作った。

「そうか！　ため池か！」

「正解。これがあれば川があふれることも防げるだろ？」

キラキラした目をポロが向けてくる。

「すごいですヴィル様！　今のはなんですか？　あの衝撃波は！」

「さっきの？」

「はい！　スキルですか？」

「いや、職人の技だよ。じーちゃんから習ったんだ」

ハンマーを打つ、のこぎりをひく。

そういう職人が使う技術の一つだ。

「今のは、大魔法使いが使う地属性魔法、地竜疾駆《グランド・ダッシャー》ではないのか？」

「うん、ただの職人技」

「いや、あれは地竜疾駆《グランド・ダッシャー》じゃった」

「いや、職人技だって」

じーさんは結構頑固で、違うって言っても信じてくれなかった。

「ともかく、お主がその当たり前に使っていた職人の技は、才能ある魔法使いが長い修練の末に身につける、大魔法と同質のものだったのじゃよ」

「へー」

わりと、どうでも良かった。

魔法とか興味ないし。

「なんと……この男は、色々と規格外なのじゃな」

「はい！　ヴィル様は、とても凄いお方です！」

★

その後、村長の家にて。

「ありがとうございますじゃ、旅のお方。これで村の老人たちも平和に暮らせますすじゃ」

「そりゃあよかった」

作った物を、喜んで使ってもらえるのが一番だからなあ。

「村を救ってくださった御礼をしたく思うのじゃが」

「いやいや、御礼なんてそんな。たいしたことしてねーし」

「未曾有の水害の危機から我らを救ってくださったのに。まったく謙虚なお方じゃのう！　さすが黄金の手の持ち主ですじゃ」

なんだか気恥ずかしいなぁ。

一方で村長、アーサーじーさんは申し訳なさそうな顔をする。

「恩人に何も返せないのは大変忍びない。なにか、望む物はございませぬか？」

「うーん……望む物……あ、そうだ。なにか変わった武器とか、道具とかってないですかね？」

辺境の村だ。

なにか掘り出し物とかないだろうか。

「俺は神器《じんぎ》を生み出すのを目的に旅してまして。そのインスピレーションとなるものを探してるんです」

「なるほど……」

村長さんは腕を組み、長く黙り込んだ。記憶のなかで、該当するものを探してくれているのだろう。やがて、「いやでも、もしかしたら……」と何か思い至ったのか、俺を見て言う。

「でしたら、一つ良い物がございます」

そういってじーさんは俺たちを連れて村を出て、近くの森までやって来た。

森にはほこらがあり、そこから下へ続く階段が伸びている。

「このほこらには、一本の妖刀が封印されているのですじゃ」

「ほぅ！　妖刀ですか！」

呪われた剣ってやつだな！

珍しい武器……いいね。神器《じんぎ》作りの参考になるかも！

「どうして妖刀がここに封印されているのですか？」

ポロが前を歩く村長に尋ねる。

「かつて、ひとりの英雄と、ひとりの邪神がおりました。その邪神を倒すべく、刀の神様は一振りの妖刀を英雄に託したのです」

邪神を倒すことには成功したが、妖刀の力で、英雄は暴走してしまったのだそうだ。

英雄の死後、村人たちは妖刀の扱いに大変困った。

「持つ者すべてが狂化、つまり理性を失い戦闘マシーンとなってしまうのです。そこで我らのご先祖様はこの妖刀をほこらに封印した、というわけですじゃ」

「そんな危険な物……刀の神様はどうして授けたのでしょうね？」

「さあのう……多分それくらいの力がないと、倒せない相手だったのじゃろう、邪神は」

今の時代と違って、聖剣がなかったのかな。

ややあって、俺たちはほこらの奥へと到達した。

そこには一本の刀が、神棚の上にまつられていた。

鎖でぐるぐる巻きになっており、呪符が貼られている。

「これかぁ……！」

なんとも味わい深い見た目をしている。

普通の剣じゃあないな。

そこにあるだけで、空気が凄いピリピリしている。

「気をつけなされ、ヴィル殿。村の老人たちでも、近づくだけで生命を吸われて……あ、ま、待ちなされ！」

俺は早く手に取ってみたくて、妖刀のそばまでやってきた。

おお、紫色でカッコいい。

「信じられぬ……ヴィル殿。平気なのか、そこにいて？」

「ああ。二人は？」

アーサーじーさんは辛《つら》そうにしてる。

ポロもその場に、膝をついていた。

「ヴィル様は平気なのですか？」

「ああ。ぜんぜん」

異常は何も感じられない。でもポロは脂汗まで浮かべて、辛そうにしてる。

「すごいです……ヴィル様！　うぅ……」

「辛いならあんま無理しない方がいいぞ。なんだったらじーさんと二人で外で待ってなさい」

しかしじーさんもポロも首を横に振る。

「何かあったら大変じゃ」

「そうです！　外に居たのではお守りできません！」

俺のために、辛いのに待っててくれてるってことか。

うれしいなぁ。

「じゃ、手早く検《あらた》めさせてもらいますかね」

「うむ……しかしヴィル殿よ。その妖刀には、その当時とても力を持っていた魔女様が施した封印がなされております」

「魔女の封印か」

「はい。魔女神と呼ばれるお方で、絶対に壊れない封印の魔法をかけてくださったのです」

たいそうなひとが、魔法を使って妖刀を封じたらしい。

まあそうか。下手に触って暴走し、人死にが出ても困るもんな。

「まあ大丈夫だよ」

俺は神鎚《しんつい》ミョルニルを取り出して、俺の手と接続する。

この神器《じんぎ》は俺の力を引き出す触媒だ。

俺の持つ生産スキルの一つ、万物破壊。

「万物破壊……レベル一。分解」

こつん、と俺はハンマーで妖刀の鎖を叩く。

パキィン……！

「なっ!?　なんと！　絶対に壊れぬとされた封印を、破壊なされた!?」

「すごいです！　さすがヴィル様です！」

さて、封印を解いて妖刀を引き抜いてみる。

「おお、かなりさびてるなぁ」

刃がさびまみれだった。

長く封印されていたんだもんな。

そりゃ、こうなっちまうか。

付着した血をそのままにしてたのかな。

「きょ、狂化されないのですか、ヴィル様？」

「ああ、たぶん、劣化しちまってるからだろうな。力が弱まってんだろう」

しかし……検《あらた》めてみると……。本当にボロボロだ。

誰もメンテしてくれてないのか、刃こぼれし、美しかったろう刀身も汚れちまってる。

「……かわいそうに、苦しかったろう」

物は、自分でメンテできない。

誰にも見向きもされず、こんな暗いところに放置されてたなんて思うと……俺も心が痛くなる。

『………、………………テ』

ふと、刃から声が聞こえた気がした。

……いつも道具をメンテするとき、俺は道具の状態を確認する。

比喩表現として、俺は道具の声を聞くと言う。

本当に道具がしゃべるわけじゃない。

道具の気持ちになって、考えると言う意味合いだ。

しかし……今、この妖刀からはハッキリと声が聞こえた気がした。

『……ケテ。……タス、ケテ』

……どうやら妖刀の声のようだ。

助けて、か。

触れた物を狂化すると畏《おそ》れられ、誰からも構ってもらえず、こんな地下に封印された状態で放置されてたんだ。

しかも、こんなボロボロになるまで、誰もメンテしてくれなかったんだ。

かわいそうに。

『……コワ、シテ。モウ……ラクニ、シテ』

「バカ言うんじゃあない。俺は鍛冶師だ。道具を直すのが、俺の仕事だよ」

仕事じゃ無かったとしても、こんなボロボロの状態の子を、ほっとけるかってんだ。

道具を使った人にも笑っててほしいけど、道具にも、幸せな一生を終えてもらいたい。

「待ってろ、すぐに楽にしてやる」

神鎚《しんつい》ミョルニルを手に持って、振り下ろす。

「全修復」

かつんっ！　とハンマーがぶつかると同時に、さびが取れる。

封印される前の妖刀に戻る。

だが……。

ごぉおおお！　と何かおぞましい力が俺の中に入ってくる。

「い、いかん！　妖刀にかかった呪いじゃ！　すぐに手を離されよ！」

なるほど、確かに意識が持ってかれそうになる。

凄い力だ。でも……悪趣味な力だ。

俺は手で触れただけで、その武器のステータスがわかるのだ。

ナンデと言われても、わかるとしか答えられない。

黄金の手のスキルとは、また別の物らしい。

「……わざと、改悪してやがる」

この妖刀を作った刀の神様とやらは、持ち主が暴走するような呪いをわざとかけてやがった。

なんてことしやがるんだ。

「待ってろ……俺がおまえを、完成させてやる！」

俺は超錬成の技術を使って、この妖刀を、完璧な形に作り直す！

かつーん！

すると……。

刀から出ていた力の奔流が止まった。

体への負担がゼロになる。

妖刀は黒く、しかし強く輝きだした。

そして……俺の目の前には、夜空のように美しい刀身を持った、綺麗な剣があった。

「うん。良い感じだ」

さびさびのボロボロ刀から一転して、とても美しい剣へと改造されたのだ。

『礼を言うぞ、天才職人よ』

そのとき俺の脳裏に女性の声が響いてきた。

「おお、声がクリアに聞こえる。これが君の声か」

『うむ。信じられぬことじゃが、我は妖刀から、聖剣に生まれ変わったようじゃ』

「え？　聖剣だって……」

ぱぁ……！　と聖剣が光り輝く。

すると剣自体が変化して、ひとりの、美しい女性へとなったのだ。

「お初にお目にかかる、天才職人殿……いや、わが創造主殿よ」

極東のキモノってやつを身につけた、スタイル抜群の姉ちゃんが、俺の前にひざまづく。

「我はこの闇の聖剣の剣精《けんせい》じゃ」

「お、おう……って、聖剣って……たしか人間で作ったやついなかったんじゃ？」

すると背後で、アーサーじーさんが仰天している。

「すごいぞヴィル殿！　お主の言うとおり、聖剣は神の使徒が地上に降りた際に持ち込まれた武器！　いまだ、人間で作り上げたものはおらん！」

先代の八宝斎《はっぽうさい》、ガンコジーさんも聖剣を作ることはできなかった、と悔しがっていた。

ということは……。

「え、じゃあ聖剣を作り出せた事例って、人類初？」

「そうですよ！　すごい！　すごいですヴィル様！」

なんとも、まあ……。

そっか。俺が初めてか。

まあでも、ゼロから作ったわけじゃない。

誰かが完成間際のまま、放置してたものを、完成させただけだから。

あまり凄い物作ったって達成感はない。けど……。

「今は、苦しくないかい？」

きょとん、と闇の剣精《けんせい》が驚いた表情をしていた。

だが、実にうれしそうに笑う。

「ああ。とても心地よい気分じゃ」

「そっか。じゃあ、それでいいや」

凄いこと成し遂げた感はないけど、この子を笑顔にすることができた。

それだけで、ああ、良い仕事したなぁって、そう思ったのだった。

★

「ということで、闇の聖剣ちゃんです」

俺は隣に立つ着物美女を指さし、みんなに紹介する。

しかしポロも、村長アーサージーさんも首をかしげている。

「ど、どこにいらしてるのですか？」

「え、ほら、隣にいるでしょ。すごい着物美女が」

きれいな髪に、メリハリのあるボディ。

そして大人な雰囲気を漂わせる、美女が。

しかし二人とも困惑している。……まさか。

「そうか。君、聖剣の剣精《けんせい》だもんな」

「うむ、そうじゃ」

だからほかの人に見えないわけか……。

「どういうことでしょうか、ヴィル様？」

「聖剣って、選ばれた人間にしか使えないんだ。で、聖剣が使えるかどうかの条件、剣の精霊、つまり剣精《けんせい》が見えるかどうかが条件なの」

はて、とアーサージーさんが首をかしげる。

「しかし声はするの」

「ええ!?　まじで?」

「うむ。姿は見えぬがな」

剣精《けんせい》は姿も声も、所有者にしか感じ取ることができなかったはず……。

「それだけ、おぬしの作った我《このけん》が特別ってことじゃろう。見事見事!」

……しかし、ううん。俺は、納得ができない。

「ヴィル様、どうしたのですか?　聖剣を、神器《じんぎ》を作り上げたのですよ?　目的を達したのですから、喜ばしいことじゃないですか」

ポロの言うとおり、聖剣は神器《じんぎ》の一つだ。

俺は神器《じんぎ》を作るために旅をしている。

「俺がゼロから作ったもんじゃあないしな」

あくまで今回のは作りかけを完成させただけだ。

作りたいのは、ゼロから、自分の納得する神器《じんぎ》を作ることである。

「悩みっていうのは、彼女のことだよ」

「む?　我のことか?」

「ああ。だって、せっかくのすごい剣を、俺以外誰にも使ってもらえないのって、さみしくないか?」

俺は副業として勇者の聖剣のメンテを担当していた。

今この世界には、六本の聖剣がある。

地のアース・シェル、水のアクア・テール。

火のファイア・ロー、風のウィンド・クロウ。

雷のサンダー・ソーン。氷のアイス・バーグ。

そして、ここにある、闇の聖剣。

どの聖剣も、一つの重大な欠陥を抱えてる。

それは、使い手が一人しかいないってことだ。

「えと、でも聖剣って、そういうものですよね？　聖剣に選ばれたから、勇者だと」

「まあな。でも……道具ってそういうもんじゃないだろ？　特定の誰かしか使えないなんて」

なるほど、とアーサージーさんがうなずく。

「言いたいことはわかる。たとえば農具。これは農作業を楽にするために開発されたもの。農具の使い手は、女も子供も、そして老人も関係ない」

そのとおり、本来道具とは、誰もが使えるものなんだ。

歳取ったじいちゃんでも、力のない子供でも。

その道具を使うことで、使い手が楽したり、幸せになったりするために、道具ってのは生み出されるんだ。

「特定の誰かしか使えない剣なんて、それこそ、呪いの妖刀と何も変わらないだろ」

俺は闇の聖剣の肩をたたく。

「俺は道具を使った人が笑顔になってほしいし、道具にも、自分を使ってもらえて、良かったって思ってほしい。道具だって、心があるんだ。」

……まあ元婚約者《シリカル》にも、弟《セッチン》にも馬鹿にされたけど。

自嘲的に笑う俺の手を、ポロが握ってくれた。

彼女はまっすぐ俺の目を見て言う。

「素晴らしい思想だと思います！」

……ウソを言ってるようには思えない、透明で、きれいな瞳だ。

俺の、ちょっと人とは違う思想を、理解しようとしてくれてるようだ。

それが……なんというか、うれしい。

村長さんもうなずく。

「わしも同意だ。道具は使い捨てではない。大事な相棒だとわしも思う」

そして、闇の聖剣がワンワンと泣きながら俺に抱き着いてきた。

「ありがとう、我が創造主よ……！」

ということで、俺は聖剣をワンランク上のものに変えたいと思ってる。

特定の勇者だけでなく、誰《だれか》もが使える。

そんな聖剣を作りたい。

「さて、どうするかな……君をもう少し調べて、方策を考えるか……」

「我が創造主よ。できれば、名前を付けてはくれぬか？」

「名前か。そうだな」

闇の聖剣じゃ、可愛くないしなぁ。

「それと、名前を我に刻んでほしい」

「名前？　誰の？」

「作り手のじゃ」

俺のってこと？　武器に名前を刻む？

アーサージーさんがぽん、と手を打つ。

「おお、聞いたことあるぞ。たしか、極東の刀剣には、刀に作り手の名前を刻むものだと」

「へー、そうなんだ」

やっぱりまだまだ、俺の知らないモノづくりの常識があるんだな。

外に出て正解だった。

「いいのか、俺の名前を刻んで」

「ああ、お主のような道具思いの作り手ならなおのこと。我ら道具にとって、お主の名前は誇り、勲章のようなもの。ぜひ、付けてほしい」

なるほどなぁ。……よし、やってみるか。今までやってみたことないことって、わくわくするしよ。また新しいアイディアにつながるかもだし！

「剣に戻れるか？」

「うむ！」

闇の聖剣がまた一本の剣の姿に戻った。

名前か。こういうとき、みんなどうやって名前付けるんだろうか。

……そういや、ガンコジーさんはできた武器を見たときに、最初にイメージした物を名前にしたって言っていたな。この、美しい黒い刀身を見て、脳裏に浮かんだのは……うん。

俺は神鎚《しんつい》ミョルニルを手に持って、こつんっ、と刃の腹をたたく。

「おまえの名前は……【夜空】だ」

錬成スキルを使い、刃に名前を彫る。

八宝斎《はっぽうさい》と。

名前を付け、銘を刻んだ……そのときだ。

かっ！　と夜空が強く光りだしたのだ。

『おおお！　力が、力がみなぎってくるのじゃー！』

夜空が今までにないほど輝くと、刀身の形がまた変わる。

西洋風だったそれが、極東の刀のような形に。

つまり、妖刀のときに近い形へと変化したのだ。

「お、おお？　な、なんだ」

「我は進化したのだよ」

ぱぁ、と夜空が光って人間の姿になる。

「「だ、だれ⁉」」

ポロとアーサージーさんが目をむいていた。

って、あれ⁉

「もしかして、見えてるのか？　夜空のこと」

「は、はい！　見えます、すごくきれいなお方です」

聖剣の剣精《けんせい》は使い手以外に見えなかったはず……。

！　まさか。

「夜空。もう一回剣になってくれ」

俺の手に闇の聖剣が握られる。

もしかして、できるかもしれない。

「なあ、ポロ。夜空を持ってみてくれないか？」

「え、で、ですが……勇者様しか使えないのでは？」

「ああ。でも、夜空の姿が、おまえにも見えた。なら……使えるんじゃないかって」

もしそれが本当なら、前代未聞だ。

聖剣は勇者にしか使えないのだから。

ポロはうなずいて、聖剣を受け取る。

そして、刀身を引き抜いた。

「なんと！　すごいぞお嬢さん！　勇者でない一般人が、聖剣を構えている！」

俺は氷の勇者キャロラインの聖剣をメンテしたことがある。

あまりに重くて、とてもじゃないが振り回せないほどだった。

聖剣は、使い手以外が持つとはじかれたり、重くなったりするのである。

しかし……。

「や！　はぁ！　せい！」

ポロは夜空を軽々と扱っていた。

「おお！　すごいぞ嬢ちゃん！　まるで剣の達人のごとき太刀筋だ！」

「え、ええ？　ぽ、ポロおまえ。剣術なんて習ってたのか？」

ポロは夜空を鞘に戻して、俺に渡してくる。

「いえ！　ですが、この剣を持っていると、わかるんです。どうやって振るえばいいかって」

「なんと！　持つだけで剣の達人にまで、腕を引き上げる武器とは！　そんなもの、聞いたことがないぞ！　すごいなヴィル殿！」

もともとの聖剣は持ち主を選んだ。

でも俺が手を加えた聖剣は、誰でも使えるようだし、使った人を剣の達人にする。

「いったい、どうして？」

「お主が我に、名をつけ、銘を刻んでくれたからだ」

ぱぁ、と夜空が輝き人間の姿になる。

「俺が？」

「うむ。お主の右手より、とてもあたたかな力が流れ込んできた。おそらくは、存在が進化したのだろう」

存在進化。たしか、魔物に見られる現象だ。

ポロもそれで進化して、今のお姉さんみたいな見た目になった。

「武器が進化するなんて聞いたことないぞ？」

「わしも、長く生きておるが、そんな事例は見たことも聞いたこともないの」

アーサージーさんも同じらしい。

「つまり、そんな前代未聞、規格外のことを、ヴィル様はやってのけたということです！　すごいです！」

「聖剣を超えた聖剣……超聖剣とでもいう存在へと、我を進化させたのだろう。さすがじゃな、我が創造主よ！」

まあ、なんかよくわからんが、すごい聖剣を作ったらしい。

うーん、名前を付け、銘を刻んだだけなんだが……。

黄金の手には、まだまだ、俺の知らない使い方があるみたいだなぁ。

ま、なにはともあれ、俺の夢が一個かなった。

誰でも使える聖剣が作れたのだ。

これで夜空も、一人で閉じこもってなくて良くなった。

すごい武器を作れたことより、夜空を幸せにできたことのほうが、俺にとっちゃうれしかったし、誇らしかったね。

《キャロラインSide》

ヴィルが闇の聖剣・夜空を完成させた、一方そのころ。

氷聖剣の勇者キャロラインは、王都の自宅にて、旅の準備をしているところだった。

『ありえへん！　ありえへんで！』

「……どうしたの、アイス？」

キャロラインの聖剣アイス・バーグの意思、剣精《けんせい》アイス。

小さな猫の姿をしたアイスが、驚愕の表情を浮かべていた。

『大変や。聖剣が、生まれた』

聖剣からは、独特な波動が発せられる。

ある程度お互いの位置がわかるのだ。

アイスは七つ目の聖剣の気配を感じ取ったので、驚いていた。

『これはどえらいことやで！』

「……？　そうなの？」

キャロラインはわかってない様子だが…。

同じ聖剣であるからこそ、わかるのだ。

今回の、異常事態が。

『ええか？　この世界が光と闇の女神様によって生み出されてから今日まで、たくさんの神器《じんぎ》が生み出されてきた。けど、聖剣は、すべて神の手で作られていたんや』

「じゃあ、今回も神の手で作られたんじゃないの？」

『ちゃう！　この世界で、生まれたんや。神の世界で作られたものが、地上に降りてきたんじゃなくて！』

現在存在する六本の聖剣。

そのすべては天上にある神々の世界で作られ、地上に落とされたものだ。

しかしアイスが感じ取ったのは、地上で新しい聖剣が誕生したという気配。

これが何を意味するか。

『人間が聖剣を作った！　歴史上初！　世界初どころじゃないで！　有史以来の、大事件や！』

それを聞いてキャロラインは驚き、そして、大きく笑った。

胸の中に炎が燃え滾《たぎ》る。

『しかし、誰や？　誰が聖剣を作るなんて奇跡、起こしたんや？』

「ふっ……」

勇者キャロラインは、余裕の笑みを浮かべる。

そこには、少しばかりの、憐みの感情すら感じられた。

「わからないの、アイス？」

『なんや？　思い当たる節があるんか？』

「ええ。むしろアイスならわかってると思ってたけどね」

自分には、作ったと思われる人物に心当たりがない。

そのことに、少しばかり落胆してる様子のキャロライン。

相棒からのセリフ、そして、恋する乙女の表情を見て……。

アイス・バーグは理解した。

『ヴィルやんか！　そうか、ヴィルやんなら、できてもおかしくない！』

アイス・バーグはヴィルを高く評価していた。

現在この世界で最も才能があり、黄金の手を持つ彼なら、作れるかもしれない。

『だとしたら、やばいどころの話やない。神しか作れん聖剣を、人間のヴィルやんが作った。これは……これは、歴史的大事件や。歴史の教科書に名前が残るレベルの偉業やで！』

愛するヴィルを褒められて、ニッコリ笑顔のキャロライン。

聖剣の意思ですら驚くレベルの出来事なのだ。

世界を揺るがすくらいの、大事件である。

『いやぁ、ほんますごいわヴィルやん。天才なんて次元を軽々と超えてはるわ』

「ええ、ヴィル様はすごいの」

ふふん、とキャロラインが誇らしげに胸を張る。

彼女はヴィルがすごいことを以前から知っていた。

世界最高の職人だと信じて疑わなかった。

この事件がきっかけで、ようやく、世界はヴィルの力を、存在を認めることだろう。

……しかし、ふと冷静になる。

「……いけないわ」

『どないしたん？』

「このままじゃヴィル様を欲して、戦争になる」

『！　確かにな……聖剣は一本で国を守れるほどの力を持つ。それを作れるとなれば、他国がこぞってヴィルやんに聖剣の作成依頼するかもな』

現在この六大大陸には、それぞれ、一本ずつの聖剣が所有されている。

それで力の均衡がとれているのだ。

そこに来て、ヴィルの存在がもし国に知られたらどうなるか？

必ず、二本目を欲する。

一本で国を守れるレベル。

それが二本あれば、他国に対して優位に立てるのは必定。

「アイス。このことを知ってるのって、どれくらいいる？」

『うちら六聖剣だけやな』

聖剣の誕生は、聖剣しか感じ取れていない。

今はまだ、聖剣誕生が世界に知られていないのだ。

『ヴィルやんが聖剣作ったって確信を持ってるやつはおらんやろうな。人間が作ったことだけは、ほかの五本らも気づいてるやろうけど』

アイスは口に出さなかったけれども、まだ正直、ヴィルが聖剣を作ったということに対して半信半疑でいた。

まあ他に、聖剣を作れるほどの職人がいるかといわれると、疑問符が浮かぶけれども。

アイスの中では、ヴィルが聖剣を作った可能性が一番高い人物として、認識されている。

ほかの聖剣たちも多分同じ考えだろう。

すぐには、ヴィルをめぐる国同士の戦争は起きないだろう。

だが、時間の問題である。

「……急がなきゃ」

『ヴィルやんのとこいくんか？　メンテに？』

「ちがう！　ヴィル様に、け、結婚を申し込むの！」

……いきなり、何ばかなことを言ってるのだろうか。

アイスはあきれてしまう。

国同士の争いが起きる前に保護するとかなら、まあ理解できる。

だが我がマスターは結婚を所望ときた。

『なんでそうなんねん』

「だって！　ヴィル様が聖剣を作れるくらいの、神職人だってばれたら、きっと世界中の雌どもがヴィル様に求婚するに違いないわ！　今は私だけのヴィル様だけど。でもいずれ絶対世界中のミーハーな奴らがヴィル様ヴィル様って言い寄ってくる！　間違いない！」

随分と思い込みの強い勇者であった。

正直ドン引きするアイス・バーグ。

しかしまあ、たしかにヴィルが聖剣の作り手だと世界中がもし確信を持ったら、そのときは本当に戦争になる。

もう注文が殺到するどころじゃなく、彼を力づくで手に入れようとする輩《やから》や、他国が力をつけるのを嫌ってヴィルの暗殺が起きるかもしれない。

確かに、そうなる前に、最強の勇者が近くにいたほうがいいかもしれない。

(うちはヴィルやんのこと、いっとう気に入ってるからな。ヴィルやん以上にメンテが上手い職人はおらへんし)

アイス・バーグもまたヴィルの力は認めているし、誰かにヴィルを独占されるくらいだったら、このちょっと頭がゆるめの勇者キャロラインを、ヴィルとくっつけるのがいいと思えた。

『せやな。ミーハーなファンに取られるくらいなら、古参ファンであるあんたが結ばれるべきや』

「アイスもそう思うのね！」

(思ってへんけど、ヴィルやんとられるのが嫌なのはうちも同意見や。目的は一致してるやね)

よし！　とキャロラインが強くうなずく。

「新しい聖剣の居場所わかる？」

『そらわかるけど、どないすんの？　ヴィルやんは後回し？』

「ううん。たぶん新しい聖剣はヴィル様と行動を共にすると思う。だから、聖剣の気配をたどれば、彼に会えるわ」

なるほど、とアイスは納得する。

『急いだほうがええわ。ヴィルやんがいるの、国の端っこ、デッドエンド村。帝国との国境や』

「！　ということは、帝国の勇者が……」

『ああ。雷聖剣サンダー・ソーンと、その所有者、雷の勇者が多分、最も早くヴィルやんと接触するやね』

さぁ、と血の気が引く。

こうしてはいられない！

帝国の勇者ももちろん女だ。

というか、聖剣使いは六人全員が、比類なき美女美少女である。

「帝国の勇者……あの痴女。ヴィル様を誘惑したら、殺す！」

彼女の体から怒りのオーラとともに冷気が発せられる。

もうぐずぐずしてる暇はなかった。

キャロラインは最低限の荷物をまとめると、だっ！　と部屋を出て行く。

……その屋根裏に、一匹のネズミがいた。

このネズミは使い魔だ。

見た情報、聞いた情報が……彼女のもとへ飛ぶ。

「なるほど、ヴィル様は国境付近にいるのね」

水晶を手に持ってるのは、王女アンネローゼ。

今の会話を、ばっちりと聞いていたのだ。

アンネローゼは、恋敵であるキャロラインを使い魔に見張らせていたのだ。

彼女が自分より先に、ヴィルに接触するのを防ぐために。

「ふふ、ふふふふふ。ヴィル様、素晴らしい、素晴らしいですわ！」

人類初、聖剣を作り出した、英雄。

今すぐにでもヴィル・クラフトを英雄として、認定してあげたい。

そうすれば、

「王女であるわたくしと、結婚していただける！　英雄と王女なら釣り合う！　ああ、ヴィル様、ああ！」

彼女は呼び鈴を鳴らす。

そこへ、彼女の直属の騎士たちが集まってくる。

「急いで馬車を出して。デッドエンド村へ、ヴィル様を迎えに行くのよ！」

こうして、まだ一部とは言え、ヴィルの偉業が世に出ることになった。

聖剣を作った、人類初の神職人。

はたして、彼を手に入れるのは誰か……？

文字通り、神のみぞ知る。

《ヴィルSide》

俺たちは村を出て、草原を進んでいた。

はるか離れた向こうには山が連なってるのが見えている。

そんなのどかな田舎道を、俺たちを乗せた馬車は進んでいた。

御者台ではポロがたづなを握っている。

「良かったですね、ヴィル様。馬車をもらえて」

「ああ、あの村の人たちには感謝だなぁ」

村長のアーサーじーさんから、村を助けたお礼ということで馬車をただでもらったのだ。

しかも食料や生活用品までもらってしまった。

その上……。

『空気が美味しいのぅ～。外って最高じゃ！』

ポロの腰には、闇の聖剣・夜空があった。

アーサーじーさんから、聖剣は俺たちに託したいと言われたのだ。

村の中で腐らせておくのは実にもったいないってね。

俺は剣を使わないので、ポロに装備させることにしたのだ。

『のぅ、我が創造主よ。どこへ向かっておるのじゃ？』

「今は帝国に向かってるよ。マデューカス帝国」

デッドエンド村で地図を見せてもらった。

どうやら俺たちが さっきまでいたのは、元いた王国の端っこの村。

俺は王国に戻る気はないので、隣にある帝国を目指すことにした。

帝国には妖精郷《アルフヘイム》っていう、珍しい森があるからな。

ちょっと見てみたいのだ。

ま、そうはいっても気ままな旅。

何か他にいいものが見つかったら、ふらっとそっちへ行ってもいい。

とにもかくにも、王国にとどまっていなければそれでいいや。

と、のんきに構えていたそのときだ。

「！　ヴィル様、ドラゴンです！」

馬車の窓から外を見やる。

緑色の鱗を持ったドラゴンが空を飛んでいた。

あれは……。

「緑《グリーン》・竜《ドラゴン》だな」

『ほう、ドラゴンとな。強さはどの程度だ？』

「知らん。あれの鱗はいい防具の素材になるんだよ～」

『……我が創造主はどうやら、モンスターを素材としか見ておらんようじゃのう』

え、違うの？

「ヴィル様。ここは、私にお任せください」

ポロが馬車を止めて、夜空に手を置く。

「ヴィル様のお手を煩わせるわけにはいきません」

『それは同感じゃ。ゆくぞ、ポロ』

「はい！」

ポロと夜空がアレを倒してくれるらしい。
まあいいか。
夜空の性能も確認しておきたいし、任せよう。
ポロは夜空を抜いて構える。
夜空には持ち主の剣の技量を底上げする力がある。
どれ、どんなものか……。
「ギシャァアアアアアアアアアアアア！」
緑竜《グリーン・ドラゴン》がポロめがけて急降下してくる。
デカいドラゴンを前に、しかしポロは一歩も引かない。
「はぁ……！」
たん！　とポロがジャンプ。
上空へ飛び上がったポロは夜空を軽々と振るう。
ザンザン……！
ポロが剣を振るうと、緑竜《グリーン・ドラゴン》のぶっとい首が切断される。
そのまま地面に倒れるドラゴン。
そして、その上にポロが華麗に着地して見せた。
ううん……二撃かぁ。
「やりました、ヴィル様！　どうでした？」
初めてにしては上出来だ。褒めておこう。
「いいんじゃないかな。お疲れさん」
俺が馬車から降りてポロの頭をなでる。

一瞬頬を赤く染めたものの、ポロは尻尾をしゅんと下げる。

「だめですか？」

『だめだめじゃな！』

夜空からのダメ出し。

あらー……言っちゃうのな。

『我の力の、一％も引き出せておらぬ！』

たしかになぁ。

闇の聖剣が完成したとき、夜空のスペックはだいたい把握していた。

緑竜《グリーン・ドラゴン》程度を一撃で倒せていない。

夜空の力を持ってすれば、あんなの瞬殺できないとな。

「そうですよね……夜空様のバフがあっても、使い手の私が剣の素人ですし」

「まー、これからよこれから。な、夜空？」

『うむ。きちんと鍛練を積めばより強くなれるじゃろう。精進せよ』

ポロがこくんとうなずいた、そのときだ。

「見ぃいいいいいいいいつけたあぁあああああああああああああああ！」

上空から何かが、高速でこちらに突っ込んでくる。

俺はポロの首根っこを掴んで、後ろにジャンプ。

どごぉおん！　という激しい音と衝撃。

俺は離れた場所にふわりと着地。

「……いったいなにが……？」

『敵じゃな。上空から降ってきて、武器で攻撃してきた。それを我が創造主がいち早く気づき、ポロを掴んで距離を取ったのじゃ』

どうやら夜空には見えていたらしい。

ポロが悔しそうに歯がみする。

「全然反応できませんでした……」

「いや、あれはしょうがないよ。だって雷《いかづち》の使い手だしな」

「い、雷《いかづち》……？」

さっきまで俺らがいた場所に巨大なクレーターができていた。

そこに立っていたのは、ワイルドな格好の女性。

右目には眼帯をつけており、長いオレンジの髪を、後ろでひとくくりに結んでいた。

粗野な見た目に、豊満なボディ。

タンクトップからは、巨大な乳がこぼれ落ちそうだ。

少し日に焼けた肌に、凶暴な笑みを浮かべる、ワイルドな姉ちゃんに……。

俺は見覚えがある。

「会いたかったぜぇ！　先生ぇ……！」

ワイルド美女が、さらに笑みを濃くする。

なんか、獲物を見つけた肉食獣みたいだなぁ。

「先生……？　あなたは誰ですか！」

一方でポロが臨戦態勢を取る。

「こらこら、相手は敵じゃあ……」

「先生に女？　てめえが先生にふさわしい女かどうか、あたいが試してやるよぉ……！」

ワイルド姉ちゃんは腰に付けていた武器を手に取る。

「それは……鞭、ですか?」

「応よ！　あたいの相棒、雷聖剣サンダー・ソーンさ！」

剣って名前がついてるけど、形は鞭っていうね。

まあ聖剣ってみんなが夜空みたいに、剣の形していないんだよなぁ。

「聖剣……もしや……あなた様は……」

「は！　ぼやっとしてると消し炭になるよぉ！　おらぁ……！」

ワイルド姉ちゃんが鞭を振る。

その瞬間、鞭が高速で飛翔する。

「ヴィル様！　おさがりください！」

「あ、おい待てよ。あいつは……」

ポロが夜空を手に持って、鞭に斬りかかろうとする。

だが鞭は生き物のように軌道を変えて、ポロの足にからみつく。

「おぅら！　一本釣りぃ！」

ワイルド姉ちゃんは鞭を魚釣りの要領で持ち上げる。

ポロは空中へ。

「このぉ！」

ポロが鞭を斬ろうとする。

だが鞭は頑丈で、切断できないでいる。

「なんだなんだ！　聖剣の使い手のくせに、この状態の鞭ですら切れないのかぁ!?」

「くぅ……！」

ポロが何度も切りつけるも、鞭は切断できない。

鞭がしゅるん、とポロの足から抜ける。
超上空から、ポロが落ちてくる。
ワイルド姉ちゃんは鞭を思いきり地面に叩きつけた。
「はっはー！　これでもくらいな！　雷撃！」
バチィン……！　と鞭が地面にたたきつけられると……。
その瞬間、前方に向かって雷の衝撃波が発生した。
鞭から発生させられた雷は、地面をえぐりながら、空中のポロへ向かっていく。
『いかん！　ポロ！　避けるのじゃ！』
「おせえよ！」
ポロでは反応ができていなかった。
あぶねえなこりゃ。
「そい」
俺は神鎚《しんつい》を手に取って、空中に向かってハンマーを振る。
「錬成：空気→空気ブロック」
大気中にただよう空気を固めてブロックにする。
ブロックはすっ飛んでいき、ポロの前で止まる。
空気のブロックと、姉ちゃんの雷撃がぶつかる。
雷撃は激しい音を立てながらはじかれて、明後日の方向へと飛んでいく。
ずずぅううん…………という大きな音が遠くからする。
音のした方を見ると、さっきまであった山が消えていた。
『し、信じられぬ……山が一つ消し飛びおった！　あの雷の一撃で……！』

夜空が驚愕していた。

まあ驚くのも無理ない。あれが聖剣の本来の力。

それを初めて見て驚いているのだろう、新米の聖剣と、聖剣使いは。

落ちてきたポロを俺がキャッチする。

「もうしわけ……ありません……」

「気にすんな。相手がちと悪かったな」

俺はポロを下ろす。

はぁ……とワイルド姉ちゃんがため息をついた。

「先生、だめだよ、その女。弱すぎ。あと聖剣もよわっちすぎ」

「そういうな。まだこの夜空は生まれたばっかりなんだよ」

「そんな弱い女より、強いあたいと付き合ってくれよ、先生」

にか、とワイルド姉ちゃんが笑う。

ポロが恐る恐るたずねてきた。

「ヴィル様……このお方、もしかして……？」

「ああ。帝国に所属する聖剣、雷聖剣サンダー・ソーンの所有者にして、雷の勇者ライカ・サンダーソーンさんだ」

「帝国の……勇者。ライカ……」

ライカはニィと笑って、鞭を手に取る。

「先生、約束おぼえてるな？　あたいが勝ったら、あたいの婿になれ！」

「え、ええ⁉　婿ぉ⁉」

ポロが驚く。

俺はため息をつく。

「まだそんな冗談言ってるのか？」

「冗談じゃあない！　あたいは本気だ！　先生……あたいは、今日こそあんたを婿にする！」

ライカは雷聖剣を振り上げて、さっきよりも強く地面にたたきつける。

「四雷撃！」

さっきの雷撃が四本、俺に向かって襲いかかってくる。

俺はさきほどと同じく空気のブロックを目の前に作った。

雷撃はブロックにはじかれて四方に飛び散る。

どっごぉおおおん！　と大きな音を立てて……。

『山が四つ消し飛びおった！　あやつ我らとの戦いの時、全く本気ではなかったのじゃ！』

「それをたやすく受けるなんて……さすがですヴィル様！」

ライカは実にうれしそうに、にぃと口の端をつりあげる。

「やっぱり先生はすげえや！　じゃあこれはどうだ！　あたいの新しい必殺技！」

ライカが鞭をぶん回す。

すると上空に雷雲が発生した。

雷雲にエネルギーが溜まっていく。

ありゃ、ちょっとまずいな。

「落ちよ！　雷天竜！」

雷雲から、巨大な雷の竜が顔を覗かせる。

山を砕くさっきの雷より、規模も威力も桁外れだろう。

『まずいぞ我が創造主！　あれが落ちたらここいら一体が焦土となる……！』

「それはまずいな」

俺はハンマーを、思い切り上空に向かって投げる。

「スキル万物破壊……レベルＭＡＸ」

黄金の手に宿る、五つの物作りスキルの一つ。

万物破壊。文字通りすべてを破壊する強力なスキルだ。

普段は制限を付けて威力を下げている。

しかし今は、その制限解除。

破壊の力をまとったハンマーが、上空めがけて飛んでいく。

ハンマーは黒い炎をまといながら高速で回転しながら飛んでいき、竜と激突。

パキィイイイイイイイイイイイイイイイイイイイイン！

「うそ……雷が、破壊された……？」

『しかも、あの雷雲も、消し飛びよりおったじゃとぉ⁉』

山をも砕く雷の竜も、それを発生させていた分厚い雷雲も、俺の投げたハンマーがぶち抜いて破壊した。

炎をまとったハンマーは、ブーメランのようにして、俺の手元へと戻ってくる。

スキルを解除する。

ふぅ……。

「す、す、すげえーーーーーーーーーーー！」

ライカが笑顔で俺のもとへやってきて、正面から抱きついてくる。

そのままの勢いでライカが俺を押し倒す。

「やっぱすげえよ先生は！　勇者《あたい》の全力の一撃を、こうもあっさり打ち破るなんて！　なんて強い漢だ！　素敵！」

「はは、どーも。また一つ強くなったなぁ、ライカ」

俺の腹の上に馬乗りになったライカが、にかっと笑って言う。

「ありがとー！　うれしー！　結婚してー！」

「それは断る」

「くっそー！　けど絶対先生に勝って、婿になってもらうからな！」

「はいはい」

ライカは出会った当初からこんな感じなんだよな。

まあ冗談で言ってるんだろうけどさ。

そこへ、ポロが悔しそうな顔をしながら言う。

「……あんなにお強い雷の勇者様を、あっさり倒してしまわれる。本当にヴィル様お強いです。

……そんなに強い人に武器を作ってもらったのに、このていたらくなんて」

『落ち込むなポロ。我も悔しい。一緒に、強くなろう』

「夜空様……はい！　ふたりで強くなりましょう！　素晴らしいヴィル様に、ふさわしい聖剣使いになれるように！」

★

「ヴィル様。ライカ様とはどのようなご関係なのでしょうか？」

草原にて。ポロが俺に尋ねてくる。

さっきのバトルに負けてから、ポロはライカに敵意をむき出しにしているようだ。

「あたいと先生は将来結婚する……いわば婚約者さ！」

「違う。彼女は邪眼の持ち主でな。邪眼の封印具を俺が作ったんだ」

「じゃがん……ですか？」

ポロが雷の勇者の右目を見やる。

彼女の顔の右半分には、大きな黒い眼帯がつけられている。

「あたいは幼い頃、変な野郎に右目を無理矢理、邪眼にされちまったのさ」

「右目を無理矢理って……そんなことが可能なのですか？」

「ああ。一瞬だった。やつが、とん、って顔に触れた瞬間、あたいの右目は呪われし邪眼になっちまったんだよ」

彼女には特別な力がその時から、植え付けられた。

「死神の邪義眼《じゃぎがん》。あたいに見られた生物は、死ぬ」

「どういうことですか？」

「文字通りさ。見られたら最後、寿命をこの目に食われて死ぬ……」

ポロが絶句していた。

まあ、ひどいアイテムだよな。

「この眼は、そいつが作った呪いのアイテムなんだとよ。呪いを解く方法はない。目を潰しても、勝手に再生する」

「文字通り完全に、呪いのアイテムなんですね……」

邪義眼は制御不能だった。見られたら命を刈られる。

ライカは死神として周りから恐れられ、帝国の地下牢に封印される羽目になった。

「死刑にならなかったのは？」

「あたいが子供だったのと、それと……あたいがこの雷聖剣サンダー・ソーンの使い手に選ばれたからさな」

帝国は困っていた。

聖剣の使い手が、邪眼持ちでは困ると。

見た者を無差別に殺してしまう呪いのアイテムだからな。

外に出して、大量殺戮なんて……しゃれにならない。

「そこで、俺が呼ばれたんだ」

帝国は国内の技術者や聖職者たちに命令を下し、なんとかこの呪いを解除しようと頑張ったらしい。

だが、どれだけ試してもそのアイテムを取り出すことも、呪いを解くことも不可能だった。

世界最大の宗教団体にして、神の使徒である天導教会《てんどうきょうかい》の大聖女に、解呪を頼んでも無理だったそうだ。

方々手を尽くし、もう彼女を殺すしか無い。

そうなったとき、俺にお鉢が回ってきたのである。

邪眼は、呪われしアイテムだ。

なら、俺にどうにかできないだろうか……と。

「それでどうにかなったんですね？」

「まあね。でもその当時の俺、邪眼を壊すことも、摘出することもできなかった。できたのは、彼女の邪眼を完全に押さえる、封印の魔道具《マジックアイテム》を作るだけ」

それ以降、聖剣とその封印具のメンテを俺が担当していた。

ライカは交流を重ねるうちに、俺のことを好きになったらしく、会うたびに求婚してくるようになった次第。

「先生がいなかったら、あたいは殺されるところだった。先生は命の恩人なんだ。だから……あたいはあんたがほしい。でも守られてるだけの女じゃ嫌だ。あんたを倒せるくらいに強くならないと」

別に俺より強くなっても、ライカと付き合う気はないって、いつも言ってるんだけどなぁ……。

「そうだったんですね……ライカさんの右目には、呪いのアイテムが……」

『なんだか不憫じゃのう。我も呪われし妖刀じゃったから、境遇が似てるせいか、他人事とは思えぬのじゃ』

……ん？　妖刀と、似てる……？　待てよ。そうだよ。

俺は呪いのアイテムを、神器《じんぎ》に変えられたじゃないか。

もしかしたら……。

「どうしたんだい先生？」

「いや……ライカ。その右目、なんとかできるかもしれない」

「！　ほ、本当かい!?」

ライカの右目は、あくまで一時的に、封印がなされているだけだ。

定期的にこの封印具をメンテしないと、邪眼は復活する。

俺に何かあってメンテできなくなったり、死んでしまったら、また暴走してしまう。

でも……。

「この闇の聖剣は、もとは呪われた妖刀……呪いのアイテムだった。でも聖剣に作り替えられた。ライカの右目も呪いのアイテムだとしたら……」

『そうか！　我のときのように、呪いのアイテムを神器《じんぎ》に変えることができるやもしれぬ！』

そのとおり。

今は彼女をむしばむ呪いでしか無い右目を、神のアイテム……神器《じんぎ》に変換することが可能かもしれない。

「せ、先生……本当にそんなことができるのか？」

「ああ……昔は、できなかった。でも……なんだろうな。今は、できるような、予感がするんだ」

ゼロからじゃないにしても、神器《じんぎ》をこの手で作ったからだろうか。

経験を積んだことで、職人として成長したのかもしれない。

俺の中には……いける、という強い思いがあった。

死神の邪義眼を、呪いのアイテムを……神器《じんぎ》にできると。

「ライカ。おまえさえよければ、治させてもらえないか？」

「もちろん！」

即答だった。

一瞬の躊躇も無かった。

「お、おまえ……いいのか？　失敗したらどうなるかわからないんだぞ？」

「そんときゃ……スパッと死ぬまでよ」

にかっと笑いながらライカが言う。

そこには暗い感情が見当たらなかった。

潔いというか、割り切りがいいというか。

「あたいは、先生を信頼してる。暗い闇の底から引きずり出してくれた、神の手を持つあんたに。

もう一度……この目、この命、捧げるよ」

……そっか。投げやりになってんじゃ無い。
俺のこと、信じてくれてるのか。
はは……なんかうれしいわ。俺の手を、信じてくれてるのが。
「…………」
俺は躊躇する。目の奥には脳がある。
目の修繕に失敗したら、脳まで破壊されて、死んでしまうかもだしな。
そりゃ、躊躇するよ。
……でも道具が、人の生活を向上させるために作られた、物が。
人の運命をねじまげて、不幸にしている。
そんなの……かわいそうすぎるだろ。
使われてる道具も、道具に運命を変えられてしまった人も。
俺はもう、昔の俺じゃ無い。仮にも聖剣を作った職人なんだ。
この手があれば、もっと多くの道具を、道具を使う人たちを、幸せにできる。
「……俺に、命預けてくれるかい？」
にっ、とライカが男前に笑ってみせる。
俺はうなずいた。覚悟はできた。
神鎚《しんつい》ミョルニルを取り出して、彼女の前に立つ。
「封印具をはずして、目を閉じといてくれ」
ライカがうなずいて封印具を取り、俺の前に座る。
俺は神鎚《しんつい》を左手に、右手で彼女の右目に触れる。
……わかる。

「わかるぞ……！」

前は、わからなかった。

この呪いのアイテムの……不具合《エラー》が！

どこをどう変えれば、この呪いが祝福になるのかが！

「いくぞ……！」

その瞬間、彼女の右目の魔法陣が展開した。

俺にはわかる。この魔法陣が、右目に死の呪いを付与している。

ならば、この魔法陣を……書き換えればいい。

「万物破壊！」

俺はハンマーでその魔法陣を、ぶっ壊す。

壊し……そして……。

「超錬成！」

ゼロから物を作るんじゃあ無い。

この呪われた魔法陣を一度ぶっ壊して、再構成する。

不具合を正し……正常なものに。

人を傷つける呪いから、人を救う奇跡の力へ。

呪いのアイテムの構造を理解し、分解し、再構築する。

「はぁ……はぁ……ふぅ……」

魔法陣が消える。できた、という手応えしか無かった。

「ライカ。目を……あけてみてくれないか？」

彼女の肩が、震えていた。

強がってても、やっぱり怖いもんはこわいだろう。

彼女の右目は、もう何人もの命を奪ってきてるんだ。

「大丈夫。成功したよ。この俺が……八宝斎《はっぽうさい》が保証する」

こくん、とライカがうなずいて、恐る恐る目を開いた。

俺とバッチリ、目が合う。

ライカの右目は、元々血のような赤い色をしていた。

しかし今は、黄金の輝きを放っている。

「せ、先生……生きてる？　生きてるよね？」

「ああ！　生きてるよ」

今までの邪眼は、見た相手を即死させていた。

でも今、彼女の右目を見ても、俺は生きてる。

「すごい……すごいよ先生！　本当に呪いを解いちまった！　すごい！　すごいよ！」

ばっ！　とライカが俺に抱きついてくる。

泣きながら、何度も何度もつぶやく。

「ありがとう……ありがとぉお……！　うわあああああん！」

ライカの背中を俺はぽんぽんと叩く。

強がってても、やっぱり女の子なんだよな。

右目に爆弾があって、ずっと怖かったんだろう。

「すごいです、さすがヴィル様！」

『うむ、あっぱれじゃ！　まさかまたしても神器《じんぎ》を作り出してしまうなんて！』

神器《じんぎ》……。呪いのアイテムは今、神器《じんぎ》に変換されているのだ。

どんなものになってるのか……。
……俺にもわからん。だが、まあどうでもいい。
今はただ、道具の持ち主が、笑っていられる。
そのことだけで、十分、俺はうれしかった。

第二話　裏切り者は、罰を受ける

ヴィルが雷の勇者の呪いを解いている、一方その頃。

彼の元婚約者、シリカル・ハッサーンはというと……。

「はぁ……もう……いや。眠い……疲れた……どうしてこんなことになるの……」

シリカルの経営するハッサーン商会は、危機的な状況下にあった。

「……王族からの仕事の依頼が来なくなった。あれが、終わりの始まりだったわ……」

ヴィルが出て行ってほどなく、超大口の取引先であった、この国の王族からの仕事が来なくなったのである。

理由を聞きに王城へと向かうも追い返されてしまった。

何度も何度も謝罪文を送ったが全て突っぱねられた。

どれだけ誠意を尽くして謝ろうとしても、王族は取引をしてくれなくなった……。

「その噂を聞いて、取引先の貴族達もどんどんと手を引いてくし……もう……なんなの……なんでこんなことに……」

取引先が減ってきていても、従業員数が減ったわけじゃ無い。

部下を食わせるためにはお金を作る必要がある。

そのために新しい取引先を探したり、ツテを頼ったりして、なんとか金をギリギリ工面できてる状況。

「正直……もうあと一つ、大口の取引先を失ったら……もう、今の規模で商会は維持できない。リストラ……するしかない」

と、そのときだった。

コンコン……。

「なに⁉　今忙しいの！　後にしてちょうだい！」

最近まともに寝れていない＋激務によるストレスで、気が立っているシリカルは、相手を確かめずに、ドア向こうの人物に怒鳴り散らす。

『それはすまなかったの、会長』

「！　そ、そ、その声は……⁉」

シリカルは慌てて立ち上がり、ドアを開ける。

「ひさしいの、シリカル」

「へ、ヘンリエッタ……ギルマス」

ヘンリエッタ・エイジ。

彼女はこの王都に居を構える冒険者ギルド、【天与《てんよ》の原石】のギルドマスターだ。

長い銀髪に、美しいかんばせ。

まだ年若いというのに、Sランク冒険者ギルドを切り盛りする才女だ。

冒険者ギルドにも、その功績に応じて冒険者のようにランク付けがされている。

その中でもヘンリエッタのギルドは、最高位のS。

この国の王族も彼女のギルドを頼りにするほどの……超有名ギルドだ。

もちろん、このハッサーン商会にとっても超大口の取引相手である。

「も、も、申し訳ないです！　少し気が立っておりまして……」

「そうか。すまなかったな。火急の用事があっての」

「い、急ぎの……？　どういった御用向きでしょう？」

正直今この状況で話したくなかった。

シリカルは今猛烈に精神が不安定な状況。

相手は王族に匹敵するほどの大口の取引相手。

ここで何か不用意な発言をして、相手の不興を買ったりしたら、この商会が終わってしまう。

だが……向こうから出向いてきたのに、出直してほしいなんて言うわけにもいかない。

……どうか、難しい案件で無いように、とシリカルは神に祈る。

……しかし神を手放した時点で、それはもう遅すぎた。

「我ら『天与の原石《ヴィル》』は、お主らを詐欺罪で訴えたいと思っている」

「……………………は？」

一瞬頭が真っ白になった。

詐欺……？　何を言ってるのだ……？

「な、なにを……おっしゃられてるのか、わかりかねます……」

寝不足の頭では思考がまとまらない。

とにかく、もう少し話を聞いてみないと。

「まずはこれを見ておくれ。黒銀《こくぎん》よ」

すぅ……とヘンリエッタの後ろに控えていた男が、前に出る。

「！　こ、黒銀の召喚士……！　え、Sランク冒険者……の！」

ヘンリエッタが連れてきたのは、彼女のギルドに所属するSランク冒険者の男だ。

銀の仮面に、黒いマントをまとった男である。

彼がパチンと指を鳴らす。

足下に魔法陣が展開して、ずずず……と木箱が召喚される。

「これは、先日ハッサーン商会から、我が、ギルド『天与の原石』に納品されたAランク剣五〇本……で間違いないな？」

シリカルが木箱を見やる。

表面にはハッサーン商会の焼き印が刻まれいてる。

「は、はい……たしかに……」

「そうか……しかしこれをよく見ておくれ」

ヘンリエッタは木箱の蓋を開けて、剣を一本手に取る。

Aランク剣。それを武装するだけで、かなりの高ランクのモンスターと渡り合えるようになる、なかなかに上等な品だ。

制作者はヴィルの弟、セッチン・クラフト。

「これは、見た目こそAランク剣じゃが……偽物じゃ」

「に、偽物⁉　う、うそぉ⁉」

「嘘では無い。黒銀よ」

仮面の男がうなずくと、ぱちんと指を鳴らす。

空中に魔法陣が出現して、そこから一本の剣と、そして訓練用のカカシが召喚される。

「このカカシは剣の訓練に使うときのものじゃ。そして、この剣は本物のAランク剣。黒銀よ」

彼はうなずいて、自分が出した剣と、シリカルが納品した剣を手に取る。

両手に持った剣を、彼は軽く振るう。

すぱん！　がきぃん！

……黒銀が自分で出した剣は、カカシを切り裂いた。

しかしシリカルの剣は、カカシに突き刺さった状態で止まっている。

「同じAランク剣だ。しかも……この剣は以前そちらから納品してもらった品。……どういうことじゃろうな」

以前。つまり、ヴィルがいた頃に作って納品した剣ということ。

ヴィル制作のAランク剣のほうが、遥かに切れ味が良かった。

「つ、作った職人の腕が違うので……た、た、多少の差はでるかと……」

「……とぼけるつもりか。わかった。では真実を見せよう」

「真実……？」

ヘンリエッタは自分の目を指して説明する。

「わしの目は、S級鑑定眼じゃ」

「！　S級鑑定眼……まさか……」

「そう。あらゆるものの秘めたる情報を見抜く力がある。とくと見よ」

かっ！　とヘンリエッタの目が黄金に輝く。

その光がセッチン作成の剣に触れると……。

一瞬で、ボロボロの鉄くず同然の剣へと変貌した。

「な!?　な、なにこのぼろい剣!?」

「ただ同然でボロの剣を仕入れて、偽装の魔法でAランク剣に見せていたのだろう」

「偽装……そんな……」

そんなことが、起きていたなんて。全く知らなかった……。

だってセッチンは、そんなこと一言も言ってなかった……。

「……その様子じゃ、贋作だと知らないで仕入れたのじゃろう」

「そうなんです！　これは、我が商会ではなく、作ってきた側の不手際でしてぇ！」

責任を逃れようとするシリカル。

だがヘンリエッタの表情は冷ややかだ。

「贋作を見抜けず、適当なものを納品したのは、貴様ら商会じゃろう。たしかに作った側にも問題あるが、責任は売りつけた側にある。違うか？」

たしかに、チェックを怠ったのは自分だ。

納品してきた時点で贋作だと見抜けていたら、こんな事態にはならなかった。

「職人は、依頼を受けて物を作る。商人は、その物を売る。今回のケースは物を売る側のチェックの不手際だと思うが、違うか？」

「………ちが、わないです。もうしわけ、あり、ませんでした……」

やってしまった。どうしよう……絶対怒ってる……。

シリカルの体が震え出す。

大口の取引相手を怒らせてしまったのだ。

「謝罪など不要だ。わしはこの件を許すつもりは無い。あやうく、大事な部下が大怪我するところじゃった」

たしかにAランク剣だと思って装備し、モンスターと戦ったら実はボロ剣だった、となれば、怪我につながっていただろう。

「ゆえに、わしはこのハッサーン商会を詐欺罪で訴える」

このゲータ・ニィガ王国は法治国家だ。

きちんと罪に罰を与える仕組みがある。

……だが、今回のことで商会を訴えられたら信用はさらにがた落ち。

天与の原石はSランクギルドだ。

賠償金も、かなりのものになるだろう。

そんなことしたら、部下をリストラしても間に合わなくなる！

「お願いします！　それだけは、それだけはごかんべんくださいぃぃいいい！」

シリカルはヘンリエッタのもとに跪《ひざまず》いて、土下座する。

なんとか怒りを収めてもらわないといけなかった。

「もう二度と同じようなことが起きないよう、再発防止に努めますので！　なにとぞ、なにとぞ！」

「……もうよい。頭を上げよ」

ほっ……とシリカルは頭を上げる。

良かった……許してもらえる……。

だが、ヘンリエッタの目は冷たいままだった。

「ハッサーン商会と我がギルドの取引は正式に中止とする。また、訴状は提出する」

「なっ⁉　な、そ、そんなぁ……！」

「そのうち出頭が命じられるじゃろう。では、いずれ法廷で」

「ま、待って！　待ってください！　お待ちください……！」

ヘンリエッタの足にしがみついて、引き留めようとする。

涙と鼻水で、その整った顔をぐちゃぐちゃにしながら必死になって謝る。

「本当にこのたびはもうしわけありませんでした！　どうか、どうかご勘弁を！　我が商会はもう……今いっぱいいっぱいで、訴えられたらもうそれこそ終わってしまいます！　どうか、どうか許してください！」

……ヘンリエッタは深くため息をついて言う。

「……落ちたものじゃな、ハッサーン商会も」

「え……？」

「経営者が変わってから、あきらかに取り扱う品の品質が低下したと、業界では有名じゃ」

……頭が真っ白になる。経営者が変わってから。

つまり、前会長の父から、シリカルに変わってからのことだろう。

「しかし武器だけは、違った。とても高品質で、使いやすいと評判じゃった。……以前はな」

……以前は。つまり、ヴィルがいた頃の話をしている。

「前の職人の作る武器はとても評判が良かったよ。というか、今までお主の商会と取引していたのは、彼……ヴィル氏じゃったか？　ヴィル氏の作る武器が、ハッサーンでしか手に入らなかったからじゃ」

「ヴィルの……武器が、評価されていただけってこと……？」

「そのとおり。武器以外は正直ゴミじゃった。じゃが……武器もゴミに成り下がった。商会の目玉にして屋台骨だった、ヴィルの武器がない以上、もうこの商会は終わりじゃろうな」

……ヘンリエッタはS級鑑定眼を持つ。

その目は噂では、未来をも見通すと言われている。

そんなすごいギルドの、すごい魔眼持ちから、終わりと宣言された。

……だからもう、本当にこの商会は終わりを迎えるのだろう。

どうして？　簡単だ。

……ヴィルを、追い出したから。

「そんな……そんな……」

ここに来てようやく、シリカルは理解した。

ヴィルの言葉は本当だった。

彼が、この商会を支えていたのだと。

……気づいたらヘンリエッタ達はいなくなっていた。鉄くず同然の剣《ごみ》の山と、真実を知って呆然とする馬鹿な女が、そこにはいた。

「あ……ああ……アアアアアアアアアアアアアアアアアアアアアア！」

シリカルは頭を抱えて、絶望のあまり、絶叫するしか無かったのだった。

《セッチンSide》

一方、ヴィルの弟セッチンは工房にいた。

氷の勇者キャロラインのせいで（文字通り）凍結していた工房は、時間の経過によって元通りになっている。

しかし炉に火はくべられていない。

作業台の上に、一本の鉄くず同然のボロ剣が置いてあった。

「この剣に……このスタンプを押すと……」

セッチンの手には、まがまがしいデザインのスタンプがあった。

ぽん、ボロ剣の刃にスタンプを押す。

みるみるうちにボロの剣が、Aランク剣へと変化したのだ。

ヴィルのように、剣に手を加えて進化させたのではもちろんない。

「はは！　すげえや！　このスタンプを押せば、見た目を偽装し放題だあ！」

このスタンプを使えば、武器の見た目だけを変える呪いをかけることができるのだ。

「あの人にもらったこのスタンプ……呪印！　これさえあれば、安い剣を仕入れて、見た目だけ変えて、高く売れる……！」

　セッチンは思い出す。

　キャロラインのせいで工房が使えなかった時……。

　とある人物が、セッチンにこのスタンプを渡してきたのだ。

『それは呪いのアイテムです』

『の、呪いのアイテム……？』

『はい。偽装の呪印。このスタンプを押せば、対象の形のみを好きに変えることができるんです。これを使えば楽して儲けることができますよ』

『！　あ、ありがとう！　助かるよ！　御礼は……？』

『いえいえ、御礼は結構です。上手に使ってください。では……』

　謎の人物はセッチンに呪いのアイテムを渡すと、立ち去っていったのだ。

「素晴らしいぞ、この呪いのアイテム……！　呪いってついてる割に、全然ぼくに悪いことが起きないし……！　苦労して剣を打たなくて良い！　最高だ……！」

……と、そのときだった。

「セッチン……」

　どきっ、と心臓が体に悪いはねかたをする。

　振り返ると……死にそうな顔をした、妻シリカルがいた。

「な、なに……？　シリカル……？」

　ささっ、とセッチンは偽装の呪印を後ろ手に隠す。

　シリカルは近づいてきて、彼の手から呪印を奪い取った。

「これは……なに？」

「そ、それはぁ～……」

セッチンはシリカルにこの偽装のことを黙っていた。

バレるはずがないと。

なぜなら見た目を完璧に偽装できるんだから。

「このスタンプで、ボロの剣をAランク剣に変えてた？　そうでしょ？」

……問い詰められる。

妻が、恐ろしい表情をしていた。

立場的にはセッチンよりも、シリカルのほうが上なのだ。

セッチンは一介の職人、シリカルは大商業ギルドの会長なのだから。

言えない。まさか見た目を偽装して、渡していたなんて。

「どうなの⁉　答えて！」

「い、いや……その……あの……」

妻に問い詰められて、何も言い返せないセッチン。

シリカルは近くに置いてあったボロ剣を手に取って、スタンプを押す。

目の前で、形が変わっていく。

「……これを使ってたのね？　商品を……偽装してたのね？」

ぷるぷるとシリカルが怒りで体を震わせている。

「う、うん……け、けどさ！　物なんてほら、売れれば良いじゃあないか！　ね！」

「……売れれば、いいですって？」

セッチンは必死になって言い訳する。

「そうだよ！　もう売ったらその段階でほら、お金が儲かるんだからさ！　儲けることさえできればいいじゃん！　ね！　質が低くても！　売れれば良いんだよ！」

シリカルは頭痛をこらえるように、額に手を当てる。

「そうだよ！　今の時代は質より量！　質の低いものをたくさん売って儲ける！　このスタンプさえあれば、ボロ剣を高く売れるんだ！　儲けることができるんだよ！」

セッチンは、言う。

「金さえ手に入れれば、使う人間からどう思われようとも関係ないでしょ⁉　質が低くても儲かればいいんだ！」

……シリカルがセッチンを見てくる。

そこには失望と、そして侮蔑のまなざしが混じっていた。

「もういいわセッチン。もうわかった……」

「そ、そうかい！　わかってくれたかい！」

「……ええ。あなたが、馬鹿なんだって」

「…………………へ？」

ぼくが、馬鹿？　何を言ってるんだ……？

シリカルが両手で顔を覆う。

「どうしよう……ヴィルはもういないのに。納品はどうすれば……」

「ぼ、ぼくがいるよ！　ほら、ぼくだって職人……」

「ふざけないで！」

シリカルがセッチンを一喝する。

びくっ、と一瞬ひるむセッチン。

シリカルがセッチンをにらんだ。

その瞳には、夫に対する明確な怒りが映っていた。

「あなたは職人なんかじゃないわ！　ただの馬鹿よ！　大馬鹿野郎よ！」

冗談で言ってる様子では、ない。

本気で妻が怒って、罵倒してきた。

「な、なんで……？　馬鹿っていったい……」

「売れれば質なんてどうでもいい？　そんなセリフがよく言えるわね！　職人のくせに！」

ボロ剣を地面にたたきつける。

女の力でも易々と、その剣は砕け散ってしまった。

「職人は……ヴィルは！　そんなこと言わなかった……！」

……ヴィル。自分の兄を、引き合いに出された。

カッ……と目の前が怒りで真っ白になる。

「ヴぃ、ヴィル兄がなんだってんだよ！」

「ヴィルは！　使い手のために、良い物を作ってくれたわ！　それが評判を産んだ！　だから……！　儲けることができたの！」

「い、良い物を作らなくても、も、もうかりさえすればいいだろ！」

立場的にはシリカルの方が上。

しかしセッチンは今、兄と比較されて、キレていた。

ボロ剣をふんづけて、シリカルが言う。

「良い物を作らないと、売れないの！　短期的には売れるかもだけど、でも……！　将来的には質の悪い物を売っていたら、客が離れちゃう！　そんな単純なこともわからないの？　このド低脳！」

「て……ふ、ふざけんな！　そんな言い方ってないだろ！」

「うるさい！　馬鹿に馬鹿っていってなにがわるいのよ！　もう！」

シリカルが大泣きしだした。

これには、セッチンも動揺してしまう。

「な、泣くことないだろう……？」

「うるさい！　あんたのせいだ！　あんたのせいで、今度訴えられることになったんだよお！」

「なっ⁉　う、訴える……？　どういうことだよ⁉」

シリカルはセッチンに話す。

Sランク冒険者ギルド、天与の原石からクレームがあったこと。

ボロ剣をAランク剣と偽装して売ったことで、客を怒らせてしまったと。

「なんでこんな馬鹿なことをしたの⁉　ねえ！　どうして自分の手で作らなかったの？」

「そ、それは……」

作らなかったのではない。作れないのだ。

一日に百本のAランク剣なんて。

「そもそも作れないんでしょ……ヴィルが、当たり前のように作れていた剣が」

……ヴィル。また、兄だ。

「で、できるよ！　作れるさ！」

「……じゃあ今、作って見せてよ」

「え……？」

シリカルがスッ、と炉を指さす。

「Aランク剣。ヴィルみたいに百なんて言わないから一本で良いから、作って……？」

……そう言われても、できなかった。

「じ、時間が……」

「いいから、作って」

駄目だ。作れない。

「……今までどうしてたの？　スタンプが無かったときは？」

「あ、あれは……その……」

兄が出て行った後、兄が作った物が、倉庫の中にたんまり入っていたのだ。

それはヴィルが用意していたストックだ。

もし自分に何かがあったとき、客が困らないようにと、ある程度のストックが置いてあったのである。

今までは、それで納品していた。

でも……この間キャロラインが来て、ストック分は全部粉々になってしまった。

新しく武器を作り出す技術は……。Aランクの武器を作る力は……。

「……そう。あなた、馬鹿で、無能だったのね」

……いつだって、シリカルがセッチンに向けるまなざしは、恋する乙女特有の熱いものだった。

シリカルはセッチンに惚れていたのだ。

恋は盲目という。惚れた相手の悪いところは、全部見えていなかった。

いや、見ないようにしていたというべきか。

けれど今、その恋の魔法は解けてしまった。

シリカルの目に映る自分は、間抜けなツラをした、ただの無能。

職人としての技術も矜持も無い、ただの馬鹿。

そう……彼女は目で語っていた。

「……もういい。わかった。あなたには、もう職人として何も期待しない」

シリカルが店を出て行く。

泣きながら、とぼとぼ歩いて行く。

「……とりあえず、知り合いの工房を回ってみないと。納品が間に合わないことを謝って……それで……」

シリカルがこちらを向いてくれない。

セッチンは慌てて彼女の手を握る。

「な、なあシリカル……！　一緒に考えよう？　ね、こういう危機的な状況のときこそ、夫婦力を合わせて……」

ぱしんっ！

「……………え？」

一瞬なにをされたのかわからなかった。

彼は……自分が頬をぶたれたのだと、遅まきながら気づく。

「もう、いいから。あなたは何もしないで」

「な、何もしないで……って？」

「文字通り。生産に関わらないで。私の仕事の邪魔しないで」

……それは戦力外通告に他ならなかった。

「ま、まってよ……まってよぉ……ぼ、ぼくも何かするよ！　がんばって技術は磨くし……！　そ、そうだ！」

セッチンは落ちてる偽装の呪印を手に取って言う。

「これのさ、もっと凄い呪いのアイテム、あの人にもらってくるよ！　見た目だけじゃ無くてさ、スペックも一瞬で向上させるみたいな。アイテムを一瞬で神器《じんぎ》に変えちゃう！　そんな魔法のアイテムをさ！」

フッ……とシリカルが、小馬鹿にしたような表情で言う。

「あるわけないでしょ、そんなの」

……実は存在する。アイテムを、神器《じんぎ》に変えてしまう存在が。

それもとても、身近なところに。いや、正確にはあった…と言うか、いた。

「ああ……ほんと、私……馬鹿だったな」

シリカルは、決定打を言う。疲れ切った表情で。

セッチンが、最も聞きたくない言葉を。

「セッチンより……ヴィルの方が、優れてたな」

どさ……とセッチンがその場に力なくうずくまる。

兄の方が優れてる。……一番言われたくない言葉だ。

「ヴィル兄……ヴィル兄……みんな、あいつのほうがいいのかよぉお！　ちくしょぉおお……！　ちくしょぉおおおおおお！」

呪いのスタンプで、何度も何度も、地面をたたきつける。

彼の体からは黒い靄が発生していた。

……その様子を、スタンプを与えた男が遥か遠くから見て、にんまりと笑っていたのだった。

第三話　伝説の鍛冶師は、隣国でも伝説を作る

現在、俺は馬車に乗って、帝国の主要都市、帝都カーターを目指していた。

「わるいな先生。ご足労いただいて」

「別にお金なんていいのに」

「そうはいかねーよ。あたいの目を治してくれたんだ。対価はきっちり払わないとな！」

ライカは帝国に所属する勇者。

国はライカに活動資金と、そして何かあったときの保障もしてるとのこと。

今回ライカは目を治してもらったので、その治療費を国に請求するんだとさ。

それで、帝都に向かってる次第。

「ライカ様。右目、神器《じんぎ》になったのですよね？」

俺の真横にはポロが座っている。

「どのような効果を持った、神器《じんぎ》になったのですか？」

「ふふん。見てろ」

ライカは目が治ってもなお、眼帯をつけている。

ぴら、と眼帯をめくってみせた。

ポロが急に体をこわばらせる。

前は、見たものを無差別に殺す邪眼だった。しかし今は別の効果を示している。

「これがあたいの新しい目、神器《じんぎ》、時王の眼《クロノ・サイト》」

ポロが硬直したまま動けないでいる。

身体が本当にぴくりとも動かないのだ。

ライカが眼帯を戻すと、ポロは動けるようになった。

「か、体が完全に硬直してました」

「この目には時間を操作する能力があるんだ」

俺が説明すると、ポロが目を大きくむく。

「じ、時間の操作ですか？」

「そう。たとえば、見た対象の時間を止めて、動けなくするとか。修練をつめば、ほかにもいろいろできるようになるぞ」

「そ、そんなすごいアイテムを作ってしまうなんて……！　すごいです、ヴィル様！」

なんで効果がわかるのか？

ううん、難しい。

作ったから、としか答えられない。

完成させた瞬間に、その構造、効果が頭の中に直接流れ込んできたんだよなぁ。

「職人として進化してるってことなのか？」

「ふっふっふ、先生。忘れてはいないかい？」

にんまり、とライカが俺に不敵な笑みを向ける。

「あたいが勝ったら、あたいの男になれと！」

大真面目な顔で求婚してくる。あー……。

「そうだったな」

「つまり！　この目を使えば、先生を今ここで、倒せるということ！　くらえ！」

ライカが俺に時王の眼《クロノ・サイト》を向けてくる。

見た対象の時間を止めて、動けなくする。

「先生！　御覚悟を！　とりゃー♡」

ライカが武器を持たずに、俺に向かってダイブしてくる。

むちゅ～っと唇を突き出しながら、俺にキスをしようとしてきた。

「おいしょ」

ひょい。

「ふぎゃあ！」

ライカの顔面が壁に激突する。

そう、普通に動けているのだ。

「な、なんでさ……!?　先生！　どうしてあたいの神器《じんぎ》が、効いてないの!?」

「まあ、作ったのが、俺だからな」

？　とポロが狼しっぽをくねらせる。かわいい。

「どういうことでしょう？」

「神器《じんぎ》を完成させてわかったことがある。神器《じんぎ》を完成させた人物には、その神器《じんぎ》で攻撃できない」

たとえば闇の聖剣の場合。

神器《じんぎ》装備者（※ポロ）は、作成者（※俺）を攻撃できない。

ライカの神器《じんぎ》、時王の眼《クロノ・サイト》を作ったのは俺だ。

つまり彼女の時止めの力は、俺には通用しない。

「なんだいそのくそルール！　ずるだよずる！」

「しかしなんでそんなルールがあるんでしょうか？」

俺は肩をすくめていう。

「神様は自分で作った神器《じんぎ》で、人間に殺されたくないんだろ。ま、安全装置なんじゃない？」

ライカが目をキラキラ輝かせながら言う。

「すげえや先生。そんな誰も知らないルールを見つけちまうなんて！　すごすぎるぜ！」

「そりゃあどうも。しかしまあ……神様ってのも存外臆病なんだなぁ」

安全装置なんてつけるなんてね。

そんなこんながありつつ、俺たちを乗せた馬車は、帝都カーターの近くまで来た。

「あれが帝国で一番栄えているとこ、帝都さ」

「ほー……。お？」

俺の目に、何か変なものが映った。

ごしごし、と目をこする。しかし、ううむ、見える……。

「どうしたのですか、ヴィル様？」

「いや……なんか街を覆ってる、光のドームみたいなのが見えるんだが……」

帝都の上空に、うっすらと光のドームが張ってあるように見える。

しかしポロも、そしてライカも首をかしげる。

「そんなの見えないぜ？」

「私もです」

となると俺にしか見えていないってわけか。

『わが創造主よ』

ポロの腰につけられている、闇聖剣・夜空が言う。

「どうした夜空？」

『主《ぬし》が見ているのが、街を守る結界じゃ』

「え、ええ⁉　そうなん？」

人の住んでいる町には、魔物をよける結界が張られてる。

その結界を発生させる装置は、それぞれの街に一つずつあって、そこから結界が作られてる。

「結界装置は見たことあったけど、結界を見たのは初めてだ」

『それは当然だろう。人間には結界が見えぬからの』

「え、俺見えてるんだけど？」

俺も、王都にある結界を目視したことはない。

でも、今は見える。どうなってんだ？

『おそらく、職人としてのレベルがあがったのだろう』

「なるほど……物をつくる腕があがったから、それを見極める目もレベルがあがったと」

たしかにものを分解することで、ものに対する理解度もあがるもんな。

「すごいです、ヴィル様！　人間じゃ見えない結界を、見れるようになるなんて！」

「いやいや……って、あれ？　やばいぞ、結界がちょっと壊れかけてる」

薄い光の膜の一部分に、ひびが入ってるのだ。

結界が壊れたら大変だ。みんな困っちまう！

「待ってろ、今すぐ直してやるからな」

神鎚《しんつい》を手に持ってそう宣言する。

すると、街の結界の真上に巨大な魔法陣が出現した。

「は？　え、なんだこれ？」

俺の目の前にも同じ形の魔法陣が出現する。……どっかで見たなこれ。

「あ、ライカの邪眼と同じだ」

神器《じんぎ》に変えるときに、出現した魔法陣。

なるほど、この魔法陣が、結界に効果を付与しているのだ。

ならば、ライカの時と同じことをすればいい。

「分解して、再構成！」

俺は魔法陣をたたいて砕き、新しく魔法陣を作り替える。

するとひび割れていた部分が一瞬で元通りになった。

そして、かっ！　と七色に強く輝いた。

「ヴィル様！　町の上空に神々しい光が！」

「す、すげえ！　先生がやったのかいあれ⁉」

俺がうなずく。

たぶんあれで直っただろう。

「さすがだぜ先生！　結界を一瞬で直しちまうなんて！」

「ううーん……普段だったら、結界装置のほうを直さなきゃいけなかったのに、直接直せるようになるなんて……」

やっぱり職人としてレベル上がったのな。

「これは皇帝陛下に報告しねーとだな！」

「いやぁ、別にいいだろ」

「よくないよ！　ちゃんと褒めてもらわないと！　これはすごいって！」

俺は別に人に褒めてほしくって、アイテムを造ったり直したりしてるわけじゃあないんだがな。

★

帝都を守る結界を修復した後、俺は帝城へと通される。

帝国の勇者であるライカと一緒だったので怪しまれずに済んだ。

ライカとともに、俺は城の中の、一番上の部屋の前までやってきた。

「奥に皇帝陛下がいらっしゃる。今日は気分がいいそうだ。直接会って話がしたいんだってよ」

「あの、ライカ様。皇帝陛下って、もしかしてお体の具合が悪いのですか？」

ポロの問いかけに、ライカがうなずく。

俺も覚えている。たしか肺の病気を患っていたはずだった。

「ああ。ここ最近とくに咳がひどくてよぉ。帝国の最新医療技術をもってしても、皇帝陛下の肺は治せねーって」

帝国は六大国の中で一番歴史が浅い。

しかし、いろんな技術を積極的に取り入れているため、技術力はドワーフの国カイ・パゴスに匹敵するほどである。

そんな最先端技術が集まる帝都の医者ですら、匙を投げるレベル。

かなり深刻な事態になっているようだ。

かわいそうに……。

ライカが、部屋の前の護衛の兵士たちに目配せをする。

「ライカだ。陛下。入るぜ？」

護衛の兵士がドアを開ける。

中は狭いながらも、高級感あふれる内装をしてる。

ベッドに横たわっているのは、見覚えのあるお婆さん。

「おひさしぶりです、アルテミス陛下」

俺は女皇帝、アルテミス陛下に頭をさげる。

ポロが目を丸くしていた。

「……ヴぃ、ヴィル様？　帝国のトップは、女性のかたなのですか？」

「……ああ。帝国は皇国と違って、実力主義なんでな。力のある人が上に立つんだよ」

アルテミス陛下は、昔この帝都が未曽有の危機にさらされたとき、自分の所有する私設部隊を率いて、国を守ったという。

その他にも様々な難事件を解決したその手腕が買われて、歴代初の女皇帝が誕生したというわけだ。

「ひさしぶりですね、ヴィル……ごほごほっ！」

陛下は少し話しただけでせき込んでしまう。

侍女が陛下の背中をさすっているも具合は悪そうだ。

「ライカから報告は受けております。この度は、我が国の宝のひとつ、ライカの呪いを解いてくださったこと、誠に感謝申し上げます。一度ならず、二度も」

一度目は、ライカに封印の魔道具《マジックアイテム》を作ったときのことだ。

あのときも俺はこの人に会っている。

当時も結構病気がちだったけど、今は更に病状が悪化しているようだ。

ずっと咳き込んでいる。

そして、侍女がさしだしたハンカチには血がついていた。

「死ぬ前に、きちんとお礼ができてうれしいですわ」

「そんな……死ぬなんて言わないでください」

「いいえ、わたくしはもう長くありません。この壊れかけの体では、そう長くないと、医師より診察を受けておりますゆえ……」

……ん？　壊れかけの、体？

いや、待てよ。ひょっとしたら……。

「どうしたのですか、ヴィル？」

「……陛下、一つお願いがあります」

「なんなりと。あなたは勇者を救った恩人です。できる限りのお礼は致しましょう」

お礼は要らない。俺がしたいのは……。

「では陛下。どうか俺に、あなたの壊れかけの体を、治させていただけないでしょうか？」

陛下が目を丸くしてる。

「……ヴィル。気持ちはとてもうれしいわ。でも、医師はみな匙を投げました。天導教会から派遣された聖女様でも、わたくしの体は治せぬといいます。それにあなたは、鍛冶師でしょう？　モノと人の体は違います」

たしかに、そうだ。

それに、俺の持つ生産スキル、全修復はケガや欠損は治せても、病気までは治せない。

けれどさっき陛下が自分の体が壊れてるって、言った。

その単語から、俺はいけるって確信を持てた。

病気を治療じゃなくて、病気に侵されて壊れてる体を、治すのだと。

「陛下、先生はすごいんだ。今までもすごかったけど、今はもうなんというか、神様みたいにすんごいんだよ！　だから、な？　先生に診てもらおうぜ？」

ライカの必死のお願いを聞いて、アルテミス陛下はうなずいた。

「わかりました。ごほ！　げほっ！　ライカを治した、あなたを信じましょう」

「ありがとうございます」

俺は陛下のそばまで行く。

すると、また目の前に魔法陣が出現した。

「…………」

結界、そして邪眼。あのときと同じ魔法陣だ。

俺はなんとなくだけど、この魔法陣が、設計図だと思っている。

その物を構成している、図だと。

「わかる、わかるぞ……！　どこが壊れてるのか……」

俺は神鎚《しんつい》を使って、魔法陣をぶっ壊す。

不具合をきたしている部分《パーツ》のみを破壊し、再構成する。

壊れかけた体のパーツを、壊し、別のものに変えて、そして、新しい健康な体を、作り上げる！

そのときだった。

アルテミス様の体が、光りだしたのだ。

結界の時と同じだ。

七色に強く輝いている。

「⁉　なんてまぶしい光だ！」

「ヴィル様！　大丈夫ですか⁉」

アルテミス様から発せられた光が、やがて収まっていく。

俺にはできた、という確信しかなかった。

「陛下。お加減は………は？　へ？」

な、なんだ？　これは……。

「どうなさったのですか？　ヴィル？」

「え、あれ？　へ、陛下……ですか？」

「？　ええ、そうです。わたくしがアルテミス＝ディ＝マデューカス本人ですが……」

ポロも、そしてライカもがくん、と大きく口を開く。

なんてこったい……まさか、そんな。

嘘だろ……。

こんなことって……。

「あ、あの……陛下。その……体調のほうは？」

「ええ、とてもいい気分です。呼吸が苦しくない。体もとても軽い。まるで、若返ったみたいですわ」

みたい……か。えっと、ええっとぉ……。

「へ、陛下。恐れながら、申し上げます」

「なんでしょうヴィル？」

俺は■《ボックス》から、手鏡を取り出す。

そして陛下に鏡を渡した。彼女は自分の顔を見て……。

「な、な、なんですかこれはぁ……⁉」

部屋の中に若い女性の悲鳴が響き渡る。

ばん！　と外で見張っていた護衛の兵士たちが入ってくる。

「陛下！　どうなされ……えええええええええ⁉」

「あ、アルテミス陛下⁉　陛下はいずこに⁉」

彼女を見て、兵士たちが困惑してる。

しかしそこは皇族、すぐに冷静になって、兵士たちに言った。

「落ち着きなさい。あなたたちと話している、このわたくしが、アルテミスですわ」

……兵士たち、ぽっかーんとしてる。

そりゃまあそうなるよ。だって……。

「陛下⁉　どうして、そんな、お若い姿になられていらっしゃるのですか⁉」

兵士が、陛下を見てそう叫んだ。

そこにいたのは、どう見ても十代の若くて美しい女性だったからだ。

「彼が、わたくしの体を治してくださったのです。その副作用でしょうね」

「「なんとぉ⁉」」

いやぁ～……これには俺もびっくりだ。

体の壊れた細胞を、治したはずだった。

しかしそこには老化した体細胞も含まれていたらしい。

古くなった細胞を、新しく作り替えた。

その結果若返ったのだろう……。

「すごすぎだぜ先生！」

「若返りなんて女性の永遠の夢！　治療だけでなく、そんな夢物語すらも実現させてしまう。ヴィル様は、本当にすごいお方です！」

ライカとポロが口々に俺を褒める。

いや若返りは完全に、意図してないもんなんだが……。

アルテミス陛下は立ち上がって、俺のもとへとやってくる。

そして、静かに涙を流しながら、深く頭を下げた。

「ありがとう、ヴィル。あなたは命の恩人です。なんとお礼を言ってよいやら……」

「そ、そんな！　頭を上げてください！　むしろ、俺を信じて体を預けてくれて、ありがとうございました」

医師でもなんでもない男が、急に体を治させろなんて、怪しすぎるだろう。

俺を信じてくれたこの人に、感謝だ。

「あなた様は勇者だけでなく、このおいぼれの命すらも救って見せた。この恩には、相応の対価をもって報いたいと思います。沙汰は追ってお知らせしますので、どうか、しばらくは滞在していただきたい」

対価、かぁ……。うん。

「金なんていらないです。お礼は、陛下の美しい笑顔で、十分です」

なんてね。

すると陛下が「そ、そうですか……」と顔を真っ赤にして、眼をそらす。

ちょっと気障だったかな。

うわぁ、はずいぃ～。

そんな俺らを見て、ポロとライカがぼそぼそと話す。

「……アルテミス様、若いころはあんな美しいなら、さぞもてたでしょう？」

「……陛下ってずっと独身だったんだぜ」

「……つまりは、ライバルということですかっ。く、皇帝さえも惚れさせてしまうなんて！」

「……まあでも先生は素敵な男性だからな、そこに加えて命を救った。しかたねえ、しばらく共同戦線をはるぞポロ」

「……はい！　ライカ様！」

なんかふたりとも言ってたけど、聞こえなかったのだった。

★

泊まっていけというので、帝城に一泊した。

翌日、俺はポロ、ライカとともに、皇帝の謁見の間にいた。

「ヴィル、このたびは勇者ライカ、そしてわたくしの命を救ってくださったこと、心より感謝申し上げます」

「いやいや、気にしないでくださいよ。たいしたことしてないんで」

ただ治しただけだしな、物を。

「それで報酬の件なのですが……」

と、そのときだ。

「皇帝陛下！　大変でぇございますぅ！」

謁見の間に入ってきたのは、ひげ面のおっさんだ。

制服（軍服って言うらしい）に身を包み、帽子をかぶっている。

「どうしたのですか、アクヤック大佐」

『その悪人顔にふさわしい名前じゃのぅ』

ポロの腰につけられた、闇の聖剣・夜空がぼやく。

たしかに目つきは悪い。

「陛下。ご病気からご快復なされて、わたくしとてもうれしく思います！　しかし神は我らに次なる試練をお与えなさったようです！」

なんだか随分と芝居かかってるな、言い方が。

大変だって入ってきた割に。

『ヴィルが皇帝を治療したことは知られておるのじゃな』

なんか昨日のうちに会議が行われてたらしい。

そこで情報共有されたとか。

「なにがあったのです、アクヤック大佐？」

「結界装置が、壊れてしまったのです！」

「！　結界装置が……壊れた……？」

文字通り結界を発生させる魔道具《マジックアイテム》だ。

しかし道具の宿命か、使っているとほころびが生じてくるのだが……。

「ええ、ええ、しかもです！　間の悪いことに！　魔蟲《まちゅう》どもの大群が、帝都カーターに押し寄せているとの知らせが！」

「そ、そんな……！」

皇帝陛下が青い顔をして叫ぶ。

「まちゅー？　ライカ、なんだよ魔蟲《まちゅう》って？」

雷の勇者ライカに尋ねる。

彼女の顔に緊張の色が見て取れた。

ライカは強い。

そんなライカですら、怯えるような強敵ってことか？

「先生、魔蟲《まちゅう》ってのは帝国内の森、妖精郷《アルフヘイム》に住む馬鹿でかい虫のモンスターのことだ。その外皮は神威鉄《オリハルコン》を凌駕する。攻撃力は、古竜に匹敵……いや、それ以上だ。あたいも手を焼く」

まじか。

勇者ですら厄介と感じる敵が、大群をなして襲いかかってきてるってことか。

しかも、結界装置が壊れてるときに。

にぃ……と一瞬アクヤック大佐が笑ったように思えた。

が、それも一瞬のこと。

「陛下。いかがいたしましょう。メンテならともかく、完璧に壊れた結界装置を修理できるほどの技師は、国内にはおりませぬ」

「え？」

何言ってんだこのおっさん……？

「帝城内に民達を避難させましょう。魔蟲《まちゅう》どもはわたくしの部隊、錦木隊が討伐して……」

「あー、ちょいといいかい？」

「なんだ貴様！　今わたくしが陛下と大事な話を……！」

「いや、結界装置直せるけど、俺」

「は…………？」

ぽかんとするアクヤック大佐。

しかし、首をふるって言う。

「な、なにを言ってるんだね貴様！　六大国で、ドワーフ国に次いで技術力のある我が国の技師ですら、完璧に壊れた結界装置は直せぬのだぞ⁉」

「え、でも直せるけど」

「何を根拠にそんなことを⁉」

「根拠って……まあできるからできるって言ってるだけだぞ？」

アルテミス陛下がこくりとうなずいて言う。

「アクヤック大佐。彼は天才鍛冶師です。彼なら直せます。私が保証します」

「へ、陛下！　こんな得体の知らないやつにだまされてはいけません！　だいいち、結界装置を今から直しても無駄です！　今まさに、魔蟲《まちゅう》の大群が押し寄せている！　結界は解除されているのだ！　直してる間にも魔蟲《まちゅう》の群れが大量に流れ込んでくる！」

いや、一瞬で直せるから。

こんなとこでぐだぐだ言ってる間に直せるから。

『あやしいおっさんじゃな。まるで時間を稼いでるようじゃ』

夜空の言う通りだ。

緊急事態だって割に話を引き延ばそうとしてるし……。

と、そのときである。

「こ、皇帝陛下に急ぎ、ご報告があります！」

別の軍人が謁見の間へとやってきた。

「魔蟲《まちゅう》の大群が……」

「ほれみろ！　貴様がぐだぐだ虚言を言うせいで、魔蟲《まちゅう》の大群が帝都に入ってきてしまったではないか！」

アクヤック大佐がにやりと笑って言う。

だが、報告に来た軍人は、ふるふると首を振るった。

「いえ、大群が一瞬で消滅しました」

「そうかそうか！　ほら聞いたか小僧！　結界装置がないせいで、魔蟲《まちゅう》の大群が一瞬で……え、えええええええ!?　しょ、消滅しただとぉおおお!?」

アクヤック大佐が大慌てで、伝令の肩を掴んで揺する。

「ば、馬鹿な!?　どういうことだ貴様！」

「あ、はい。魔蟲《まちゅう》の群れが帝都の結界に触れた瞬間、なぜか消滅したのです」

「な!?　け、結界ぃいいいいいいいい!?」

アクヤック大佐が驚愕の表情を浮かべる。

アルテミスは困惑しながら尋ねる。

「どういうことですか？　結界装置は壊れたのではなかったのですか？」

結果装置が壊れてるんだから、結界は消えているはず。

しかし、伝令曰く、結界はあるという。

「そうだ！　結界装置はたしかに壊した！　結界はたしかに消えたはずだぞ!?」

……ん？

このおっさん、今壊したって言わなかった？

「し、しかし結界はたしかに張られていると思います。でなければ、魔蟲《まちゅう》達は帝都の中に入ってきたはずですので」

「ばかな！　結界装置が無く、結界が作動していたということか!?　そんなありえない！」

あ。そうだ、一つ心当たりがあった。

「そうだ俺、昨日ここに来るときに結界直しておいたぞ」

「「は……？」」

アクヤック大佐、伝令、そしてアルテミス陛下も、呆然とする。

あー……そうだ。報告遅れてたや。

「帝都に入る前にさ、結界のほころびが見えたんだよ。だから直した」

「ま、待て……え？　結界にほころびが、見えた？　ば、馬鹿を言うな！　結界は人の目には見えぬのだぞ⁉」

「俺も昨日初めて知ったよ。でも今は見えるんだ。だからほころびを修繕したんだ」

そのとき、ぱぁ……！　とポロの剣が光って、そこに一人の着物の美女が現れる。

「なっ⁉　き、貴様どこから現れた！」

ちゃき、と大佐が腰の銃を、人間の姿になった夜空に向ける。

だが彼女はふっと笑うだけで、拳銃が一瞬で消えてしまった。

「なぁ⁉　銃が消えた！」

「少し黙れ。我は闇の聖剣、名を夜空という。この天才鍛冶師、ヴィル・クラフトが作りし、最も新しい聖剣じゃ！」

「なにぃい⁉　せ、聖剣を作り出しただとぉおおおおおおおお⁉」

驚くアクヤックおっさん。

夜空を見て、アルテミス陛下が納得したようにうなずいた。

「得心がいきました。私の壊れた体を治せたのも、聖剣を作れるほどの力を持っているからがゆえに。ならば、結界を直せても当然」

どうやら陛下は俺の言葉を信じてくれるようだ。

さすが年の功。

「補足しておくと、魔蟲《まちゅう》の群れが消えたのも、すべて我が創造主たるヴィル・クラフト様による物じゃ」

「ど、どういうことだ⁉」

　おっさんが叫ぶと、夜空が説明する。

「結界は通常、魔物を避ける効果しか付与されておらぬ。しかし、主《あるじ》が結界を直したことで、新しいものへと変わったのじゃ。装置を必要とせず維持され、モンスターが入ってこようとした瞬間に敵を消滅させる、すごい結界へと」

　まじか。そんなことしてたの、俺……？

　単に結界のほころびを直しただけのつもりだったのだが……。

「すごいですヴィル様！　装置を必要とせず結界を張るなんて！」

「しかもモンスターが入ってくる瞬間に消えるなんて、そんな夢のような結界作っちまうなんてよぉ！　さすがだぜ先生！」

　ポロとライカが褒めてくれる。

　いやぁでも、許可も無く別物に変えちゃったな。

「すんません、陛下。知らない間にやっちゃってたみたいで」

「い、いえ……ヴィル。感謝こそすれ、とがめるつもりはいっさいありません。神の奇跡としかいいようがない、結界を作り直し、我らが国民を守ってくださったのですから。すごいです、あなた様は」

　あれ、許してもらえた。

　いやぁ、ラッキーだったな。

「そ、そんな……そんな馬鹿な……どうして、こんなタイミングで……」

さて、と。

俺はおっさんに近づいて言う。

「あんたさ、さっき結界装置を壊したって言ったよな？　自分で」

「！　し、しまった……！」

つまり、まあ犯人はこいつってことだ。

「自作自演だったんだな？」

「く、くそぉお！　こうなったらヤケだ！　死ねぇ！」

おっさんが懐から、卵のようなものを取り出す。

「！　しゅ、手榴弾⁉」

ライカがぎょっ、と目を剥く。

おっさんの手には、最近帝国で開発された道具、手榴弾が握られていた。

「七福塵《しちふくじん》に栄光あれぇ……！」

「しちふくじん……？」

ピンを抜いて、おっさんが自爆しようとする。

俺はアクヤックのおっさんから手榴弾を冷静に奪い取る。

「万物破壊。レベルＭＡＸ。てい」

神鎚《しんつい》でこつん、と俺はハンマーで手榴弾を叩く。

その瞬間、一瞬で消えた。

「は……？」

「手榴弾って、ピンを抜いて爆発するまでにタイムラグがあるんだよ。万物破壊の力で、その間に存在まるごと破壊させてもらった」

手榴弾に物理的衝撃を与えたら爆発する。

けど万物破壊の力は、物理的に壊すんじゃ無くて、存在を消すのに等しい。

ゆえに、爆発しなかったってわけ。

「な、な、なんだ……なんなんだきさまぁ～……」

どさ、とその場に尻餅をつくアクヤックのおっさん。

「俺？　鍛冶師だよ」

「貴様のような鍛冶師がいるわけないだろぉおおおおおおおおおお！」

まあちょっと特殊かもだけど、ちゃんと鍛冶師ですよ、俺は。

その後おっさんは逮捕され、地下牢に連れて行かれた。

「ありがとうございます、ヴィル。何度も帝国のピンチを救ってくださり」

「いえいえ、どういたしまして」

すると彼女は頬を赤く染めると、「これであの話が進められます」と何かをつぶやいていた。

あの話ってなんだろ。

てゆーか、さっきのおっさんが言っていた、七福塵《しちふくじん》ってのも気になるしなぁ。

第四話　伝説の鍛冶師は、辺境の領地にて呪われた竜と会う

魔蟲《まちゅう》の群れを退けてから、十日ほど経過したある日のこと。

俺たちは帝国の北の果てにある大地にきていた。

「ここが、ディ・ロウリィかぁ……」

目の前には、デカい森がある。

この北部の広大な山岳地帯が、俺に与えられた領地、ディ・ロウリィである。

俺は陛下からもらった地図を広げる。

この土地はだいたいが山で、白竜山脈と呼ばれている。

その山を、白竜川が削ることで、人の住める土地ができてる。

「我が創造主よ」

俺とポロの間に、着物美女が出現する。

彼女は夜空。闇の聖剣の、化身のような存在。

「なぜ帝国の北の果てに来ておるのじゃ？」

「なんだ、おまえ聞いてなかったのか？」

「寝てたのじゃ」

なるほど……。

俺は夜空に説明する。

「アルテミス陛下から、領地と、貴族の位をもらったんだよ」

「ほぅ、領地？　それがここか？」

「おう。ディ・ロウリィって領地らしい」

俺は帝国の危機を三度も救った（らしい）。

その褒美にということで、北部山岳地帯、ディ・ロウリィを手に入れた。

「つまり俺は、ヴィル・クラフト・ディ・ロウリィって名前になったらしい」

「長いのじゃ！」

「うん、長い。普段はヴィル・クラフトで通すよ」

キラキラした目を、ポロが俺に向けてくる。

「でもさすがです、ヴィル様！　平民出身で、貴族の位をもらった人はいないと聞きます！」

帝国は実力主義な国であるが、しかし貴族となると、やはりどうしてもしがらみ的なものは存在するらしい（血筋とか）。

でもアルテミスはその流れを変えたいと思っていたそうだ。

そこで、俺がちょうどいいところにいた。

俺に貴族の位と領地を与えることで、平民でも、貴族になれるのだというモデルケースにしたいらしい。

「帝国の歴史上初！　平民で貴族になったお方！　ああ、素晴らしい……！」

「なんだかよくわからんのじゃが、主は旅を続けるのではなかったのか？」

そう、領地をもらうとなると、そこを統治しないといけない。

神器《じんぎ》作りの旅に支障が出るかと思っていたのだが。

「まあ、アルテミス様が人を派遣してくれるようだし、領地運営はその人に任せる。それと、どっちみち工房はほしかったからさ」

神器《じんぎ》を本格的に作るためには、どうしても腰を据えて作らないといけない。

王都の工房はあのくそ弟にとられちまっている。

だから、どこかで土地を借りて、工房を建てる必要があったのだ。

「ただでくれるって言うんだから、もらっとこってさ」

「なるほどのぉ……しかしディ・ロウリィという土地は、どう見ても山しかないのじゃが……」

俺たちは山の中をえっちらおっちら上っていく。

背の高い木々があちこちに生えている。

「ひどい土地を、もらったもんじゃな」

「いや、最高だよ」

「それはどうしてじゃ？」

「ここ、使われなくなった鉱山がいくつもあるんだ」

どこの領地を与えるかで、皇族と貴族の間で結構な言い合いがあったそうだ。

ディ・ロウリィは北の外れにあるし、それに問題をいくつか抱えているらしい。

「はずれを押しつけられただけじゃないか？」

「かもしれんが、別にいいよ。だって鉱山だぜ鉱山？　武器・防具、そのほかいろいろに使う鉱石を、ただで取り放題なんて最高じゃん！」

ということで、俺はその問題のある領地ディ・ロウリィを喜んでもらうことになった次第。

しばらく歩いていたそのときだった。

「きゃあぁ……！」

……女の子の悲鳴が聞こえてきた。

ポロがぴくん、と耳をそば立てる。

「悲鳴だ。ポロ、位置はわかるな？」

「はい、あちらです」

「よし、案内してくれ」

ポロがうなずいて風のように走る。

その後を俺がついて行く。

『創造主よ。なぜ助けるのじゃ？』

いつの間にか闇の聖剣に戻った夜空が、俺の腰のあたりから言う。

「そりゃ、困ってる人はほっとけないだろ。それに俺は一応ここの領主だからよ」

領地に住む領民を助けるのは、当然の義務だ。

まあ正直、俺は領主や貴族って柄でもないが、なった以上は放り出すわけにはいかんだろ。

『責任感が強いのじゃな。さすが我が創造主！』

ほどなくすると、開けた場所に出る。

白竜川のほとりに、一人の幼女がいた。

「ヴィル様！　あれを！　なんて、大きな化け物でしょう……！」

そこにいたのは、足の生えた植物だ。

ウツボカズラっていう、食虫植物がある。それに似ている。

大きさは三メートルほどだろうか。

足の生えた食虫植物が、女の子に襲いかかろうとしてる。

助けなきゃ！

「待ってください！　私が倒します！」

ポロがそう叫ぶ。

「いや俺がやるよ」

「いえ、私が。ヴィル様の従者らしいことができておりませんでしたので。雑魚の露払いは、私がやります！」

そう言って飛び出すポロ。

まあ、本人がやるって言ってるんだったら任せるか。

いつでもフォローできるし、それに、あれくらいの雑魚なら確かに任せていいかも。

「夜空様！」

聖剣の現在の使い手であるポロが呼ぶと、彼女の手に夜空が出現する。

闇の聖剣を抜いた彼女が、疾風のごとく食虫植物に近づいた。

植物からは何本ものツタが、まるで触手のように生えている。

植物はツタを伸ばしてポロに攻撃。

「せやぁあああああああああああああ！」

ポロが闇の聖剣を振るう。

ツタを溶けたバターのようにたやすく切り裂いていく。

ツタにぐるぐる巻きにされた女の子を、ポロが助ける。

「ありがとう、おねえちゃん！」

ひるんでいる隙にポロが幼女を回収。おお、やるな。

まああの程度のモンスターなら、俺が出る幕もないだろう。

立ち去ろうとすると……。

「あっ！」

ポロの足にツタがからみついていた。

「ヴィル様！」

ポロが幼女を放り投げる。

空中に投げ飛ばされた幼女を、俺がキャッチする。

「おねえちゃん！」

ツタがポロの全身にまとわりつく。

そして、ずりずりと引っ張っていく。

食虫植物がポロを食べるつもりだろう。

「このぉ！　せや！　せや！」

ポロが剣を振る。

しかし幾重にも巻き付いたツタは、ポロが攻撃してもびくともしなかった。

「そんな……」

『だめじゃ！　ポロ！　おぬしはまだ未熟で、我の能力を引き出せておらぬ！』

「く！　ヴィル様……！」

こりゃいかんな。

「夜空、来い」

俺が闇の聖剣を呼ぶと、ポロの手から俺の元へと、テレポートしてくる。

「そういやまともに振るの初めてか」

俺は闇の聖剣を握って構え、そして、振る。

「そい」

……すると、何もない空間に、切れ目が発生した。

それはちょうど、黒い三日月のような形をしてる。

空間の切れ目から風が吹き出す。

「なにこの風……きゃぁあああああああ！」

ごぉおおおおお！　とすごい勢いで周囲にあったものを吸い込んでいく。

食虫植物、近くを流れる川の水、木々。

空間の裂け目はそれらをものすごい勢いで吸い込んでいき……。

やがて、裂け目は閉じた。

「おお、すごい威力だな」

俺が聖剣を腰の鞘に戻す。

「すごいのじゃ、さすが我が創造主！　我が力をここまで引き出すなんて！」

まあ、俺が作った剣だからな。

スペックも、使い方も心得てる。

「ポロ、無事かい？」

「おねえちゃん！」

俺たちがポロの近くへと向かう。

彼女は呆然としていた。

「今のは……いったい……？」

「闇の聖剣、夜空の能力だよ」

「のうりょく……？」

「ああ。聖剣にはそれぞれ、固有の特殊な能力が秘められているのさ」

たとえば、帝国に所属する、雷の勇者ライカ。

彼女の持つ聖剣サンダー・ソーンには、雷を自在に操る力がある。

「夜空の能力は、闇。全てを飲み込み、消滅させる力がある。さっきのは……ま、その能力の一端だな」

「す、すごいです……このあたり、何もなくなってしまっています……」

木々も、川の水もごっそりなくなっていた。

水は戻ってきたけどな。

「しかし、なぜ私は無事なのでしょうか？」

「ああそりゃ、ポロを飲み込まないように加減したからな」

ふぅ……と人間の姿になった夜空が感嘆の息をつく。

「簡単に言ってくれるが、我が創造主。我の闇の力は強大、すべてを無差別に飲み込むはず。制御できたのは、それだけ使い手であるお主の技量がずば抜けていたってことじゃ」

「ほえーそうなんだ」

技量って言われてもな。

単に俺が自分で作った剣だから、力の使い方を把握してるだけなんだけども。

「やはりヴィル様はすごいです。私じゃ扱えきれない聖剣を、ここまで巧みに使ってみせるなんて……！」

まあポロも練習すればできるようになると俺は思ってる。

練習あるのみだな。

「おねえちゃん、おにいちゃんっ、たすけてくれてありがとう！」

幼女ちゃんが俺らに頭を下げる。

「いえいえ。君はこの辺の子かい？」

「うん！　ロリエモンって村がね、近くにあるの」

ロリエモンって……変な名前の村だなぁ。

「ちょうどいいや、村の人にこの辺の事情を聞きたかったからさ。お嬢ちゃん、俺をそのロリエモンって村まで連れてってくれないかい？」

「うん！　いいよ、こっちー！」

★

「ここが、人の住んでる……村？」

「うん！　そうだよ！　あたしたちの村！」

幼女ちゃんが笑顔で言う。

しかしひどい有様だ。どの小屋もボロボロじゃないか。手が全く付けられていないしな。それに村の中に人が一人もいない。

魔物よけの柵も、適当に棒とロープで囲って作ってあるだけ。

「こんなんじゃ魔物が入ってきて大変だろう？」

「ううん！」

どういうことだ……と疑問に思った、そのときだ。

「ノーア！　何をしてる！」

「おじいちゃん！」

声がしたので、そっちを見たころ……。

ポロがぎょっと目を剥いた。

「ま、魔物……!?」

だが、幼女ちゃんは、ノーアちゃんって言うらしい。

彼女を呼んだのは、紛れもなく魔物だ。

二足歩行するトカゲ……蜥蜴人《リザードマン》だ。

「ばかな！　魔物の気配はしなかったのに！　ヴィル様、お下がりください！」

ポロが剣を抜いて、蜥蜴人《リザードマン》をにらみつける。

だが、彼はびくんっ、と俺たちに怯える表情を見せた。なんか……変だ。

「おねえちゃんやめて！」

ノーアちゃんが蜥蜴人《リザードマン》の前に立ち、両手を広げる。

「おじいちゃんをいじめないで！」

「ノーアちゃんどいて！　そいつは蜥蜴人《リザードマン》……危険なモンスターよ！」

しかしぶんぶんと首を振るノーアちゃん。

やっぱり……変だ。

「ポロ、剣を引いてくれ」

「しかし！」

「さすがに変だ。蜥蜴人《リザードマン》って、人の言葉、しゃべれないはずだろ？」

「た、たしかに……ランクの低い魔物は、知性を持たず、言葉を話せなかったはず……」

そのとおりだ。

つまりは、この蜥蜴人《リザードマン》には特別な何かがある。

「俺らを殺す気なら、向こうから襲ってくるだろ？　でもそうしない。知性がきちんとある。それに……見てみろ、ノーアちゃんの顔」

彼女は涙ぐみながら、両手を広げて、蜥蜴人《リザードマン》をかばおうとしてる。

こんな必死な表情をさせるくらいに、このモンスターとは仲がいいってことだ。

「話聞いてあげようぜ。な？」

「……わかりました」

ポロが剣を鞘に収める。

ノーアちゃんは安堵の息をつくと、その場にくたぁ……とへたりこんだ。

「おお、我らを見逃してくれるのか、旅人よ？」

「ああ」

「なんておやさしいお方じゃ……！　感謝いたします！」

平に伏して、蜥蜴人《リザードマン》が言う。

「俺はヴィル・クラフト・ディ・ロウリィだ」

「！　ディ・ロウリィ……まさか、この領地の新しい領主様ですか？」

「そうなるな」

じわ……と蜥蜴人《リザードマン》が目に涙をためた後、頭を下げながら懇願してくる。

「お願いします、新たなる領主様！　どうかこの村の住人を、お助けください！」

……何があったんだろうか。

わからないが、その必死の形相を見ていると、かわいそうに思えむげに断れなかった。

とりあえず話を聞くため、俺はノーアちゃんと蜥蜴人《リザードマン》といっしょに、ボロ小屋へと向かった。

「わしはこのロリエモンの村の長をやっております、セバースと申します」

セバース村長は深刻な表情で、この村のことを話す。

「実は、この村はある呪いにかかっているのです」

「呪い……？」

「はい。それは……見せた方が早いですな。ノーア。背中をお見せなさい」

セバース村長に言われて、ノーアちゃんがくるんと俺たちに背中を向ける。

村長が服をめくると……。

「！　トカゲの……鱗……？」

ノーアちゃんの肩甲骨のあたりが、村長と同じく、は虫類の鱗で覆われていた。

村長が服を戻す。

「ここら白竜山脈の麓にある村人たちはみな、この竜化の呪いにかかっておるのです」

呪いが進行すると、村長のように全身が蜥蜴人《リザードマン》になってしまうらしい。

「大人の方が呪いの進行が早く、この村の大人達はみな完全な蜥蜴人《リザードマン》となっております」

「原因はわかってるのか？」

「はい……あの白竜山脈に住まう、白き竜神様のせいですじゃ」

「白き……竜神……？」

山に竜神ってやつが住んでいるらしい。

そいつが巻き起こす風にあたると、みな呪いにかかってしまうんだと。

「大昔、この大陸には一つの大きな国があったそうです。白き竜神様はその国の王を心から愛していた。しかし……王が死んで悲しみに暮れた竜神様は、山に引きこもり……そして悲しみにとらわれ、荒ぶる呪いの神へと変貌してしまったのです」

「ふーん……人を愛する竜なんているんだな」

つまりこの山には呪われた竜がいて、そいつの起こす竜化の呪いのせいで、ディ・ロウリィの領民は困っていると。

「どうにかしようとは思わなかったの？」

「ディ・ロウリィにくる領主様には、毎回お願いしていました。しかし、話を聞いてはくれないのです。この姿なので……」

なるほど。モンスターを怖がって、今までの領主どもは相手してくれなかったのか。

たぶん問題も放置していたんだろう。

相手が呪われた神なんだ。下手に触れたら、逆に自分が祟られるって。

まあ気持ちはわからんでもないが、領民達が苦しんでるのに、問題を上に報告しなかった領主達には、結構むかっ腹がたつぜ。

「アルテミス陛下も大変だなぁ……」

陛下が悪いんじゃない。

報告してこなかった連中がだめなだけだ。

「ヴィル様、いかがなさいますか？」

ポロがこれからの方針を尋ねてくる。ま、でも俺のやることは変わらない。

「助けるさ。このディ・ロウリィの領民達も……それに、その白き竜神様とやらもな」

「おお！　我らをお助けくださると！　ありがとうございます！　領主様……！」

ポロが首をかしげながら言う。

「領民はともかく、原因となってるその竜神まで、助ける必要あるのですか？」

「だって話聞いてる限り、かわいそうじゃん」

好きな人が死んで悲しみ、呪いにとらわれてしまった。

きっと今もなお、その神は救われず苦しんでるだろう。

俺は、どうにもそういうのを放置できないタチなのだ。

「まずは村長さん、あんたから治すよ」

「し、しかし……大丈夫でしょうか？　大金をはたいて、闇市で手に入れた最高級の聖水でも、呪いは解除できませんでしたのに」

俺は神鎚《しんつい》ミョルニルを取り出す。

するとセバース村長さんを見やる。

すると、俺の前に魔法陣が出現した。

「やっぱり、見える。不具合が」

アルテミス陛下の病気（と老化）を治すことができたのだから、今回もできると思った。

この魔法陣は、その人（物）の設計図だ。

不具合である箇所が、俺の目には見える。

このエラーを起こしてる箇所が、呪いにかかった細胞。

この呪われし細胞を……。

「壊して、再構成する！」

魔法陣をハンマーでたたき割る。

一度壊して、細胞を作り替える。

すると、セバース村長の蜥蜴の見た目が、みるみるうちに元通りになっていく。

「お、おじいちゃん！　もとにもどってるよー！」

ノーアちゃんが村長に抱きついて、うれしそうに言う。

「信じられない……！　最高級の聖水でも治らなかったこの呪いを、一発で治してみせるなんて！　すごすぎます！　領主様！」

以前の俺には無理だったろう。

しかし今の俺は職人としてのレベルが上がっている。

人を治療し、病を治した。

呪いの妖刀を、聖なる剣に作り替えた。

そこから、呪われし細胞（物）を、正常な状態（細胞）へと作り変えるという着想を得たのだ。

今まで俺が、たくさんのものを作ってきた経験があったからこそ、呪いを解くことができたのだろう。

「さすがです、ヴィル様！　やはり、あなた様は最高に素晴らしいお方です！」

ポロに褒められて、気恥ずかしい思いをしながら、俺はセバース村長に言う。

「村人をみんな連れてきてくれ。俺が治す」

白き竜神様を助けるのはその後だ。

★

その後、俺は村人達の竜化の呪いを全て解いた。

黄金の手があればそんなに苦労する作業じゃなかったしな。

全員を助けた後、竜がいるという洞窟へと向かった。

洞窟の奥にはホールがあった。

そこには、見上げるほどの大きさの、毒に体を覆われた竜がいた。

紫色のドロドロが皮膚を伝って、地面を汚している。

……それだけじゃない。

「オォオオロロロロロオロオオオオオオオオオオオオオン！」

……竜が吠える。いや、泣いてる。悲しいのだろう、苦しいのだろう。

聞いた話だと、大昔に死んだ王様を嘆いているうちに、いつの間にか呪いに侵されてしまったって言っていた。
あの体を覆う毒は、呪いだ。俺にはわかった。
いろんな呪われたアイテムを壊して、再構築してきたからこそ。
「待ってろ。今すぐに楽にしてやるからな」
「オロロォオオオオオオオン！」
竜が大きく口を開いて、毒のブレスを放ってきた。
「ヴィル様！　お逃げください！」
ポロが叫ぶ。
俺は神鎚《しんつい》ミョルニルで地面を叩く。
「大丈夫さ。錬成」
俺の右手は、黄金の手という特殊な手。
ここには五つの特殊な物作りスキルが宿ってる。
そのうちのスキルのうちの一つ、超錬成。
物質を別の物質へと変換する。
……ただ、神器《じんぎ》をいくつか作ったことでこの技術にも変化が訪れていた。
すなわち今まで作ったことのないものを、作れるようになった。
ハンマーで叩いたのは、大気中に含まれる魔素《マナ》。
あらゆる魔法の根源となるもの。
これをたたき、別の物へ変換。
それすなわち……。
パキィイイイイイイイイイイイイイン！

「な、な、なぁ……⁉　そ、そんな……！」

ポロが驚愕の表情を浮かべる。

俺たちを包み込むように、光の膜が展開している。

「これはまさか……聖なる結界‼」

そう、俺が今作ったのは、街を守っているあの結界だ。

「そんな！　貴族様が言ってましたよ。選ばれた神の使徒にしか使えない力だと！　どうやって⁉　あなたも聖なる力がその身に宿っているのですか⁉」

「いや」

「じゃ、じゃあどうやって結界を構築してるのですか⁉　スキルですか⁉」

「違う。結界そのものを、作った」

「は…………？」

俺は結界を修繕し、聖なる結界を作った。

その際に、魔法陣……つまり、結界の構造を示した設計図を見ている。

完成した物、そして設計図が頭に入っているのだ。

必要となる材料もわかってる。

「だから、作れた」

「す、すごいです……！　そんなすごい物作ってしまわれるなんて……！」

竜が毒ブレスをはき続ける。

しかし結界は毒を中和し続けた。

「ドラゴンよ、このままやっても今のあんたじゃ勝てないぜ？　おとなしく治させてくれよ」

「オロロォオオオオオオオオオオオオオオオン！」

ブレスが効かないと判断したのだろう。

竜がこちらに向かって突進してきた。

「いくら聖なる結界とはいえ、あんな巨大な竜の突撃を受けたら壊れてしまいます！」

ポロが叫ぶのだが……。

竜が結界に触れた瞬間……。

ぼよよよぉ～～～～～～～～～ん……！

「なぁ……!?　は、はじき返したですってぇ……!?」

竜が激突する瞬間、結界の材質が柔らかくなった。

ぶつかった竜はそのまま背後にすっ飛ばされ、壁に激突。

「そんな……呪いの毒を防ぐだけじゃ無く、物理攻撃すらもはじいてしまうなんて……」

竜は壁にはまったまま動けないでいる。

「あのすごい勢いでぶつかってきても、竜が生きてるなんて不自然です！　普通、ぶつかった瞬間に体にダメージが入ってるはずなのに……」

「ああ、だから結界を改造した」

「か………!?」

目を見開き、あんぐりと口を開くポロ。

「け、結界を……改造？」

「ああ。元となる構造がわかってるんだ。使い勝手がいいように改造できるだろ？」

硬いままの結界じゃぶつかったときに、あの竜が怪我してしまうって思った。

だから結界の材質を、軟質性のものに改造した。錬成の応用だ。

「そんな……結界の改造なんて……」

「結界使いなら、これくらいできるんじゃないの？」

ぶんぶん！　とポロが強く首を振る。

「結界の特性を変えることは不可能です。貴族様のところにあった本に、そんなやり方、どこにも書いてありませんでした」

「あらまぁ。古い本使ってるんだな」

物は使う人の使い勝手がいいように、改善されていくものだ。

建物然り、道具然り。

そうやって常にアップデートされていき、より使いやすい物になる。

それが普通……だと思うんだけどなぁ。

さてと。俺は結界を抜け、外に出る。

壁にはまっている竜のもとへと向かう。

「あぶない！　毒に触れて溶けてしま……え、えええ!?　結界の外でも普通に動けてる!?」

何を驚いてるのだろうか？　生身で外に出るわけがないだろう。

「俺の体を覆うように、最低限の結界を張ってるだけだぜ？」

目をこらせば、俺の体の輪郭に沿って、光の膜が張られてるのがわかるだろう。

こうやって結界で身を包んでいれば、肌が毒に触れることはない。

「そんな……前代未聞ですよ。結界は、その場で固定して使う物と聞いたことがあります……。体にそんな、鎧のようにまとう使い方なんて……」

結界とはこうだ、って固定観念に縛られているのだろうな、あの子。

さて。

「よ、待たせたな」

俺は呪いの竜の前に立つ。

ドラゴンはうなり声を上げてるが、体力がないのか、ブレスはもう吐いてこない。

「すぐ治すよ」

俺の目の前に魔法陣が展開。

細胞が呪いの毒に侵されている。壊れている。

この呪いのパーツだけを……。

「破壊し、再生する！」

魔法陣をハンマーで打ち砕き、正しい物へと作り替える。

呪いという異常を抱えた細胞が作り変わっていく……。

毒の竜はその姿を別の物へと変化させた。紫の毒竜から、純白のドラゴンへ。

大鷲のような翼を持った、美しい、白いドラゴンがそこにはいた。

『……からだが、戻った。信じられないっす……』

ドラゴンが普通にしゃべれるようになった。

そーいや、高位のモンスターはしゃべれるんだっけ？

「どこか痛むところはないかい？」

『大丈夫っす……あの、あなたが治してくれたんすか？』

声は女の物だった。

しかも、こんな白くデカい神々しい見た目しているのに、フランクなしゃべり方だ。

「ああ、ちょちょいのちょいでな」

『……すごいっす。自分は、魔神なのに』

「まじん？」

『はい。地上に降りてきた神っす』
ほー……う？
竜の……神？
『まじで、すごいっす。あんた……魔神を治療しちゃったんすよ！』
「へー……」
すごいって言われてもなぁ。
俺はただ、壊れたものを修理しただけなんだが。
『……どうして、治してくれたんすか？』
そりゃそうか。
何で助けてくれたのか気になってるのだろう。
「深い理由はないよ。俺はただ、困ってる人をほっとけないタチなんでな」
みんな幸せであってほしいだけだよ。
そういうと、竜の魔神は深々と、俺の前で頭を下げてきた。
『自分を治してくださったこと、感謝するっす。ありがとう……ええと……』
「俺はヴィル。ヴィル・クラフトだ」
『ヴィルさん。まじで、ありがとうございました！』
まあ、なにはともあれ治すことができて、良かった良かった。

★

『自分、ロウリィって言うっす』

「ロウリィ……？」

洞窟の中にて。白い竜の魔神はそう名乗った。

「ディ・ロウリィってまさか……」

『自分のことっすね。の……あー……古《いにしえ》の王様から、ここらへんの土地をもらったんすよ』

なるほど、ロウリィちゃんの土地だから、ディ・ロウリィと。

「悪かったな、勝手にあんたの土地に入ってきて」

『いいんすよ。もういにしえの王国はないですし』

俺は自分が領主であることを名乗ると、ロウリィちゃんはうなずいて言う。

『領主さんでしたか』

「そ。だからここに調査に来たって訳。君は古《いにしえ》の王が死んでからずっとここに？」

ロウリィちゃんは遠い目をしてうなずいた。

王様が死んで悲しくなり、ここに引きこもっていたのだろう。かわいそうに。

「あ、そうだ。ロウリィちゃん。この洞窟……あんたの家なんだろ？」

『そっすね。とある人に紹介してもらったんす』

とある人……？

「まあいいや。この家、欠陥住宅だぞ」

『な!?　どういうことっすか！』

「実際見た方が早いかもな」

ということで、俺、ポロ、ロウリィちゃんは移動。

ややあって俺たちは洞窟の外へとやってきた。

ロウリィちゃんが出ようとすると……。

ごつんっ！

『ぎゃん！』

「どうした？」

『これは……結界っす！　魔神を閉じ込めるための！』

だがポロは首をかしげている。

「やっぱりこれ、君が意図して作った結界じゃなかったんだな」

「！　ヴィル様は見えるのですか？」

ポロに問われて、俺はうなずいた。

「この洞窟に入るときにさ、この結界が見えたんだ。外敵が入って来れないようになのかと思ったけど、普通に入れたからさ。欠陥結界かと思ってたんだけど……」

つまり、人の侵入を防ぐ結界のはずなのに、欠陥があって人が出入りできるようになっていた、のだと俺は思っていた。

しかし実際は違った。魔神を閉じ込める結界だったらしい。

『それにこれは……負の念を暴走させる術式がこめられてるっす！』

ロウリィちゃんが目をこらした後にそう叫んだ。

「詳しいね、君」

『自分、昔、大きな図書館で書物を守ってたことがあるっす。だからいろいろ知ってるんすよ』

なるほど、それに、長生きしてそうだし、いろいろ知ってるんだなぁ。

『自分にここの物件を紹介したやつの仕業っす！　あいつが結界で自分を閉じ込めて、負の念を暴走させて……あんなことを！』

どうやらロウリィちゃんは、誰かに利用されてしまったらしい。

欠陥住宅に住まわされた上に、呪いまでかけられて。

かわいそうに。

「ロウリィちゃん。よければ、この欠陥住宅を直させてもらえないか?」

ただの洞窟のうえ、入り口に呪いの結界だ。

こんなとこに住むのはいやだろう。

『い、いいんすか?』

「おう。俺は鍛冶師だ。家のリフォームも担当してるよ」

『で、でも……自分は領民に迷惑かけてた呪いの竜で……』

「違うよ。迷惑かけてたのは、君にこの欠陥住宅を紹介した野郎だ。気にすることはない。それに……君もこの地に住まう領民の一人だ。そうだろう?」

じわ……とロウリィちゃんの目に涙がうかぶ。

うれしかったのかな。

『お願いするっす』

「あいよ」

俺は一度洞窟の外に出る。

ふぉん……と目の前に魔法陣が展開した。

これは、毎度見る設計図。

結界の構造がこれを見れば一発でわかる。

たしかに、何ヵ所か不具合があった。

俺は神鎚《しんつい》ミョルニルを手に取って、魔法陣に振り下ろす。

「分解して……再構築!」

その瞬間、洞窟の周囲の岩が変化。

ごごごお……と音を立てながら、洞窟とその周囲が変化していく。

ただの殺風景な洞窟から一転……。

「うぉ！　す、すげーっす！　お城になったっすよー！」

洞窟があらふしぎ、一瞬でお城へと変貌を遂げて……え、ええ⁉

そこにいたのは、白髪の美しい女の子だった。

白いドレスに、白い髪の毛。青い瞳がくりっと可愛らしい。

「な、なんか人間になってない君……？」

「え？　って、なんじゃこりゃあああああああああああ⁉」

ロウリィちゃんは竜の魔神だった。

しかし今は、俺たちと同じく、人間の姿になっている。

「な、なにがどうなってんだこりゃ……？」

「わ、わかったっす！　この城……神域になってるんすよ！」

「し、しんいき……？」

なんだそりゃ……。

「文字通り神の領域っす。この領域内なら、魔神は自分の力を一〇〇％、引き出せるんすよ」

ロウリィちゃん曰く、魔神は普段かなり力を制限されているらしい。

神のいる世界と、下界（俺たちのいる世界）とでは、なんか空気とかが異なるらしい。

そのせいで、地上に降り立つと神は弱体化するそうだ。

「けど神域の中は、擬似的だけど神の世界と一緒っす。つまり、自分の力を一〇〇％使えるようになる。力のコントロールができるようになって、こうして人化の術が使えるようになった……

ってわけっす」

……ようするに、俺が作ったこの城が、神域っていうすごい場所になった。

そのおかげで、ロウリィちゃんは人間の姿になれるようになったってわけか。

「さすがですヴィル様！」

ううん、そんなすごい建物なのか、これ。

「懐かしー姿に戻れたっすわ……ありがとう、ヴィルさん」

「いえいえ、どういたしましてだ」

第五話　伝説の鍛冶師は、領地のダンジョンでも伝説を作る

ディ・ロウリィの領地にて。

俺は土地に住んでいる魔神、ロウリィちゃんの家を改造した。

「わぁ……！　中も素敵ですね！　ヴィル様！」

俺たちはロウリィちゃんの家である城の中に入っている。

エントランスは吹き抜けの二階になっている。

天井にはシャンデリア。

「これ……元は岩っすよね……。どうやってシャンデリアとか作ったんすか？」

「え？　岩から」

「作れ無いっすよ岩石からシャンデリアは……！」

いやでも、地中から元々ある素材（鉱物）を抽出し、形を整えればできるんだが……。

「まあ俺にはできるんだよ」

「……どうにも自分が関わる人間って、みんなどこか技術レベルがおかしいんすよね……」

ほかにも俺みたいな職人がいたんだろうか。

その後、家の中の探索を続ける。

ベッドルーム、シャワールーム、娯楽室。

「いやちょっと待ってっす！」

「どうしたロウリィちゃん？」

頭痛をこらえるように、ロウリィちゃんが頭を押さえながら言う。

「え、全部岩っすよね、元は！」

「そうだぞ」

「なんでベッド⁉　どうやってシャワー⁉　娯楽室なんて岩から作れるんすか⁉」

「ああ、作れるよ」

「作れねーよ‼」

ロウリィちゃん疲れてるな。

風呂に入って休んだ方がいいかもしれん。

しかし作れない、か。あ、そうか。この子は知らないのか。

「作れるよ。俺には、黄金の手があるからさ」

俺ははめてる手袋を取って、彼女に右手の甲を見せる。

日輪の紋章が刻まれている。

これは、黄金の手の持ち主である、まあ証のようなもんだ。

くわ、とロウリィちゃんが目を剥く。

「お、黄金の手って……それ、超激レアな恩恵《ギフト》じゃないっすか……！　世界創世から、数えるほどしか所有者がいないと記録には残ってるっす！」

そういや、ロウリィちゃんは昔、すごい図書館で司書（？）をやっていたらしい。

また、滅びた古《いにしえ》の王国より前から生きてるので、とても物知りだ。

彼女が言うんだったら、まじで黄金の手の持ち主は数えるほどしかいないらしい。

でも八宝斎《はっぽうさい》は昔から連綿と受け継がれてきてる称号（屋号）だしなぁ……。

八宝斎《はっぽうさい》でも、黄金の手を持ってない人もいたんだろうか。

必ずしも黄金の手の持ち主＝八宝斎《はっぽうさい》ってわけじゃない、ってことか。

「ん？　待つっす。この紋章、どっかで見たような……」

ロウリィちゃんが俺の手をじっと見つめる。

そして、何かに気づく。

「そうだ！　自分が居座っていた地面に、たしかこれと同じ紋章が描かれてたっす！」

「まじか。ちょっと見せてくれないか？」

このお城は元々、ロウリィちゃんが使っていた洞窟を改造した物だ。

彼女がいたホールは今、大きな倉庫になっている。

倉庫の片隅に、なるほど、たしかに太陽の紋章が描かれた床があった。

「ん？　俺の紋章と……なんか呼応してるな」

右手の紋章と、床のそれが共鳴するように、輝きを放っている。

「もしかして……八宝斎《はっぽうさい》の工房なのかもしれん」

「どういうことでしょうか、ヴィル様？」

俺はポロに説明をする。

「歴代の八宝斎《はっぽうさい》たちは、それぞれ自分固有の工房……つまり作業場を持っていたんだ。そこは八《はっ》宝斎《ぽうさい》にとっての神聖なる場所だから、不用意に誰も入れないようになってる……って、じーさんから聞いたことがある」

先代の八宝斎《はっぽうさい》、ガンコジーさんがそう言っていた。

あの人も工房をどこかに持っているって。

王都にあった店はあくまで親父の店であって、じーさんの工房では無かったしな。

「でも……なんで自分のすみかに、工房があったんすかね？」

「うーん……もしかしてだけど、この工房に誰もいれたくなかったのかもな」

「ああ、自分を番人的な感じでおいときたかったんすかね」

「たぶんな」

ロウリィちゃんみたいな強い魔神がいれば、誰もここには立ち入れないだろう。

しかし……それだとしても疑問はある。

だって工房はそもそも、作った本人にしか入れないのだから、番人なんて置く必要、ないんじゃないかって。

「それで、ヴィル様。いかがいたしますか？」

「ちょっと気になるし、入ってみようかな。まあ、俺が入れるかはわからんが」

ロウリィちゃんが、工房の入り口に立つ。

だが何も起きない。

「やっぱ持ち主じゃないと入れないいんじゃねーすかね？」

「どれどれ」

今度は俺が、工房の入り口に立つ。

すると視界がぶれた。これの感覚は……転移の魔法だ。

俺の視界が一瞬ぶれて、気づくとそこには……。

「な、なんだこりゃ……⁉」

そこには、一つの街があった。

美しい建物がいくつも並ぶ、街。

「どこか知らない土地に転移させられたのか……？」

いや、違う。俺は違和感を覚える。

空を見上げて、違和感の正体に気づいた。

「！　太陽がない……それなのに、中は朝だ」

俺は街の端っこへとやってきた。

美しい都市のはずれには森が広がっている。

しかし……こつん。

「こ、これは……壁だ！　森に見えるけど、壁だ！」

そのときだ。

『大丈夫っすかヴィルさん！』

「うぉ！　ろ、ロウリィちゃん……!?　頭の中から声が聞こえるんだけど」

『念話《テレパシー》っす。魔神のスキルっすよ。遠くの人と脳内会話できるっす』

テレパシーか。すげえな。

俺は無事を伝え、見たままを説明する。

『なんじゃそりゃ……！　どうなってんすか!?』

「多分だけど、ここは地下の空間なんだ。まるで外にいるみたいに見えるけど」

見上げた先にあるのは、空じゃない。

空に見えるように加工された天井なのだ。壁もそうだ。

この先に森が広がってるように見えてるけど、壁に森があるように描かれてるだけ。

「この美しい都市全体が、この空間が、八宝斎《はっぽうさい》の工房なんだよ」

『はえ〜……こんなスケールの工房を作るなんて、すごいっすね八宝斎《はっぽうさい》ってやつは』

ああ、すげえんだ。

何代目の八宝斎《はっぽうさい》かは知らないけど、ここまでのものを作るなんて……。

「ん？　壁になんか扉があるな」

『え、どこっすか？』

「見えてるの？」

『五感も共有できるんすよ』

すごすぎるなロウリィちゃん。

俺は壁の近くまでやってくる。

『なんもねーじゃないすか？』

「いや、ここ……空間の質が一部だけ違う」

『？　？？？　？？？？』

どうやらわかってないらしい。

俺はなにもない空間に手を置いて、ぐっ、と押してみる。

すると扉がぎぎぎ、と開いた……。

「おお、通路……？」

なんか地面が青白く発光してる、ふしぎな通路が展開されていた。

『す、す、すごいっすよ！　ヴィルさん！』

これを、俺の目を通して見たロウリィちゃんが叫ぶ。

『ここ、七獄《セブンス・フォール》の中っす！』

「せぶんす、ふぉーる……？」

聞いたこと無いな。

『世界に七つ存在するとされる、超超超レアなダンジョンっす。いわゆる、隠しダンジョンってやつっす！』

聞いたこと無いな。

『全部で七つあるとされてるんすけど、今んとこ見つかってるのは一つだけなんす』

「じゃあその見つかってるダンジョンの一つの中？」

『いや……大気中に人間の発する魔力の残滓……残り香がないっす。つまり、ここのダンジョンには人が入ったことがない。……ヴィルさん以外』

ええと。七獄《セブンス・フォール》っていう、超激レアなダンジョンがこの世界には存在して。

そのうちの一つが、ここってこと。

七つあるうちの、未発見のダンジョンの中に、俺がいるってことか。

『す、すげえっすヴィルさん！　誰も見つけられなかった超すげえ隠しダンジョンを、見つけたんすから！』

しかし、ふと思った。

でも、じゃあこの工房は、どうやって作られたんだと。

だってその未発見ダンジョンの中に、工房を作ったんだったら、その人もこのダンジョンを訪れてるはずだろ？

でも人の気配がないって……。ううむ、謎だ。

★

『これから、どーするんすか？』

脳内にロウリィちゃんの声が響く。

彼女のこの力から、とあるアイデアが浮かんだのだが、まあそれは追々。

「ちょいと中を検《あらた》めようかなって思ってる」

『ダンジョン探索ってことすか？』

「まあそういうこと」

ダンジョン攻略には正直そんなに魅力を感じていない。

俺がほしいのは、ダンジョンでとれる素材だ。

まわりをぐるりと見回す。

青白い不思議な素材の鉱石で作られた通路が、奥へと向かっている。

「これどういう鉱石なんだ？　神威鉄《オリハルコン》とは違うし……ほ、ほしい……」

未知の鉱物から、新しい武器が作れるかもしれないしな。

『いやほしいって言っても、ヴィルさん。ダンジョンの壁は絶対に破壊不能なんすよ？』

俺は神鎚《しんつい》ミョルニルを取り出して、適当に床を叩いた。

ばきぃいいいいいいいいいいいいいいいいん！

『なにぃいいいいいいいいいいいいいいいいい』

床の一部が粉々に砕け散った。

おお、よしよし、回収完了。

『なんすか？　今なにやったんすか』

「え、万物破壊スキルで壊しただけだぞ？」

万物破壊。あらゆるものを存在から抹消させるほどの、強い破壊のスキルだ。

壊しちゃうと素材が回収できないからな。

万物破壊の強さを調整して、迷宮の床を解体したのである。

『いや！　そんなあっさり言いますけどね、さっき言ったみたいに、迷宮は破壊不可能な素材でできてるんすよ!?　なにあっさり壊してるんすか！』

「いやまあ、俺の手ほら、結構あれなんで」

『やばすぎっすよ……万物破壊って、魔神が使うスキルっすよ？』

あれ、そうなんだ。

『そっす。原初の七竜神《ピュア・カラーズ》っていう、女神様が作った七つの魔神が一柱《ひとはしら》、【黒のカルマアビス】が使う、触れた物を跡形も無く消し飛ばす激やばスキルっすよ！』

まじか。俺が普通に使ってたこのスキル、どうやら魔神の使うスキルだったらしい。

『人間に備わってること自体、おかしいんすけど……どうなってんすかあなた？』

「さぁ……？」

『自分でもわからないんすか？』

「まあな。生まれた時にはこの手あったし」

じーさんからは、やばいから使い方には気をつけろとは言われていたけど。

まさか魔神のスキルだったとはねえ……。

「■《ボックス》、オープン」

俺の前に、黒い■《ボックス》が出現する。

砕いた素材をその箱の中に収納した。

「よし」

『よしじゃねええええええええええええええええええ!?』

またも、ロウリィちゃんがツッコミを入れる。

え、なんだ？

『なんすか今の、■《ボックス》って!?』

「ああ、これ？　■《ボックス》」

『だからそれなんなんすか⁉　いきなり空間にあらわれて、アイテムボックスっすか⁉』

「さぁ……？」

『さぁ⁉』

当たり前のものを説明するのって、結構難しいな。

「これも黄金の手に付いてる機能の一つなんだよ」

『黄金の手の記述に、そんなのないんすけど⁉』

あらまあ、そうなんだ。

『そもそも黄金の手ってのは、高位の生産スキルが付与された手なんす。しかも本来は一つだけ』

「あ、それは知ってる。でも俺五つあるんだよね」

『五つ⁉　嘘でしょ⁉』

「ホントホント。超錬成、付与、万物破壊、全修復、そんで……」

最後の一つの名前を言うと、ロウリィちゃんは言葉を失っていた。

『そ、そんなスキルがあるんだったら、店なんて必要ないじゃねーすか。やりたい放題じゃん』

「まー……でも俺、この五つ目のスキル、あんま好きじゃないんだ」

『どうしてっすか？』

「だって……なんか使い捨てるみたいでさ。好きじゃないんだよね」

俺は物にも心があるって思ってる。

だから、この最後のスキルは、使いたくないのである。

『か、変わった職人さんすね……金儲けのために職人やってるんじゃなくて、最高の一作品を追求したいみたいな、まさに職人タイプなんすね』

「まあ、職人にもいろいろいるだろうけど、たしかに俺はそのタイプかもな」

そもそも旅の目的が、最高の神器《じんぎ》をゼロから作ることだしな。

「さて……いくか」

『まずはマッピングっすか？　ダンジョンを歩いて』

「いや、もうマッピングは済んだよ」

『…………………………はい？』

ロウリィちゃんが困惑してる。

あれ、おかしなこと言っただろうか？

『ちょ、は……？　え？　ま、マッピングは済ませたって、いつ⁉』

「今」

『今⁉』

あれ、気づいていないのか。

『つ、通常ね、ダンジョンのマッピングって言ったら、長い時間がかかるもんなんすよ。周囲を探索して、少しずつ通路や部屋を調べてく、時間と労力のかかるもんす』

「へー……。でもできたよ。ほら」

俺は■《ボックス》から羊皮紙と炭を取り出す。

「あ、よいしょ」

こつん、と炭をハンマーで叩く。

炭が粉々に砕け散って、その粉が羊皮紙に精密な図を描く。

数秒もしないうちに、巨大な迷宮の地図が完成した。

「な？」

『な？　じゃねえええええええええええええええええええええええ！』

ロウリィちゃんがまたも渾身のツッコミ。

どこか疲れたように、ぜえはあ……と息を切らしながら言う。

『今のなんすか⁉』

「え、迷宮の情報を、紙の上に出力しただけだぞ？」

炭を砕いて、錬成を使って図を書いたのだ。

『いやそもそも、迷宮の情報をどうやって手に入れたんすか⁉』

「ほら、さっき迷宮の地面をぶっ叩いただろ」

俺は神鎚《しんつい》ミョルニルを手に持って言う。

「こつん、って叩いたときに、地面に走った衝撃波を使って、周辺を探索したんだ」

『こ、コウモリとかが超音波を出して、周囲の情報を手に入れるみたいな、あれっすか？』

「そうそう」

ハンマーで地面をぶっ叩いて、迷宮の壁に衝撃波を走らせて、その反射で通路や部屋の情報を探ったのだ。

で、それを紙に出力しただけである。

『………………』

「ん？　どうしたのロウリィちゃん？」

彼女は深々と、ため息をついたあとに言う……。

『ヴィルさん、あんたなんで職人なんてやってんすか？　ふっつーに英雄になれるレベルで、やばいっすよあんた⁉』

「えー……うそぉ」

『まじっすよ！　どこの世界に、ハンマーコツンでこの巨大迷宮の、正確な地図を作れる人がいるんすか⁉』

「あー……まあ、でもほら、俺に特別な手があるからさ」

『だとしてもこんなのできるの、あんただけっすよぉ……！』

そんなこと言われても……。

物作り以外のこと、俺わからないしなぁ。

「先代の八宝斎《はっぽうさい》、ガンコジーさんも、このハンマーでマッピングする技術使ってたよ、普通に」

『つーか！　その八宝斎《はっぽうさい》ってなんすか⁉　自分がいた図書館に、そんな記述、載ってなかったすよ⁉』

あれ？　そうなの……。

八宝斎《はっぽうさい》って、もっとメジャーだと思ってたし、結構昔からあるもんだと思ってたんだが。

『…誰かが情報を操作してたのかもっすね』

「誰かって……誰が？」

『そこまではわからんねーすけど。少なくとも、こんだけやばすぎることができる職人が、昔からいるんだったら、歴史書に載ってるはずっすよ』

うーん……言われてみればそうかもしれないけど……。

「ま、興味ないね」

『そ、そーなんすか？　表に出れば、もっと評価されるっすよ。英雄的な扱い受けると思うっすけど。ハンマーマッピングなんてまじで、公表すれば世界中の人たちから依頼が殺到するでしょうし』

「興味ないない。俺は物が作れればそれでいいんだ」

俺がしたいのは物作りだし、使った人が笑顔になれるような道具が作れれば満足だ。

別に英雄にもなりたくないし、伝説にもなりたくない。

『か、変わってるんすね……ヴィルさん』

「いやぁ……それほどでも」

『褒めてないんすけどね！　どうして強い力の持ち主って、みんな変人なんすかねえ、もぉ！』

★

俺は地下に広がる隠しダンジョンから、地上へと戻ってきた。

「ヴィル様！」

ポロが俺に飛びついてきた！

そのまま押し倒される俺。

ぶんぶんぶん！　と彼女が狼の尻尾を振りまくる。

そんなに再会できたのが嬉しかったのか？

と思ったら、彼女の瞳が涙で濡れていた。

「なかなか帰ってこなかったので、とても心配しておりました……」

「？　いや、一時間も経ってないだろ？」

ぶんぶん！　と彼女が首をふるって言う。

「ヴィル様が地下に入ってから、十日が経過しております」

「は？　十日……？」

そこへロウリィちゃんがやってくる。

「ロウリィちゃん、俺、中で一時間くらいしかいなかった気がするんだけど」

ダンジョンを軽く探索して、思いついたアイテムを完成させて、戻ってきたんだが。

しかしロウリィちゃんが言う。

「十日経ってるっす」

「まじで？　え、なんで？」

物知りなロウリィちゃんが説明してくれた。

「隠しダンジョンと外では、時間の流れが異なるんすよ」

「つまり……中で一時間のはずが、外だと十日経過していたと？」

「そっすそっす」

さすがダンジョン。不思議なことが起きるんだな。

「隠しダンジョン内の時間の流れ方は常に一定じゃ無いんす。今回は向こうの一時間がこっちで十日でしたけど、逆もあるんす」

ダンジョンで十日経ったと思ったら、こっちでは一時間だった、って事もあるのか……。

「そんなの聞いたこと無いぞ」

「通常のダンジョンでは起きない現象っすからね」

なるほどな。しかしその都度、ポロを心配させるのは悪いな。

工房に引きこもりすぎるのも、良くないわ。

ほどほどにしないと。あそこには俺しか入れないんだし。

外にいる彼女を、心配で悲しませるわけにもいかない……って、あ、そうだ。

「心配かけたなポロ。これは……プレゼントだよ」

「ふぇ……？　プレゼント……？」

工房で作ったアイテムを、俺は彼女にプレゼントする。

俺は■《ボックス》から髪飾りを取り出す。

三日月の形をした髪飾りだ。

ぼぅ……と淡く発光している。

「わぁ……！　素敵です！　こんな素敵な髪飾り、初めて見ました」

気に入ってもらえたら何よりだ。

ロウリィちゃんは目を剥いてる。

「こ、これ……迷宮の壁の素材すか？」

「そうそう。それを加工した」

「いや加工したって……無理なんすけど。普通……って、迷宮の壁を壊せたから、できるのか……まじすげーっすわ……」

ダンジョンに潜って手に入れた素材、そして、ロウリィちゃんの力から、この新しいアイテムを完成させたのである。

「ポロ。ロウリィちゃん、ちょっとこの部屋から出てってみてくれないか？　ちょっと試したいことがあるんだ」

こくんと素直にうなずくと、ポロ達が部屋を出て行く。

それを確認してから、俺はハンマーに向かってしゃべる。

「あーあー、聞こえるか、ポロ？」

端から見りゃ、何やってんだって思われるだろう。

ポロは部屋から出て行って、目の前にいないのだ。だけど……。

『ヴィル様!?　ヴィル様のお声が聞こえます！』

おお、ちゃんと聞こえてるようだな。

『えええええええ!?　こ、これ、念話《テレパシー》じゃないっすかー！』

ロウリィちゃんの声もちゃんと届く。

だだだ、と二人が俺のいる部屋へと戻ってきた。

「ロウリィちゃんのほら、念話《テレパシー》の魔法あったじゃん？　アレをみんなが簡単に使えるようになったら、便利かなーって思ってさ」

で、作った。

ロウリィちゃんが俺を見て、目を剥いてる。

「ヴィルさん……これ、やばいっす」

「なにが？」

「今の世界で……離れたものと会話する方法は、念話《テレパシー》の魔法、それか通信の魔水晶す。前者は使い手がちょー限られてる。後者は、失われてもう存在しないっす」

まあ、たしかに離れてるところへの連絡、いまは伝書フクロウ使うくらいだもんな。

念話《テレパシー》の魔法なんて使ってるの、ロウリィちゃんくらいだし。

「だから使えたら便利かなって」

「いやまあ……たしかにこれが普及すれば、通信の革命が起きるっすけど」

「さすがですヴィル様！」

きらきらした目を、ポロが俺に向けてくる。

「世界に革命を起こすアイテムを、たった一時間で作ってみせるなんて！　素晴らしいです！最高です！」

ぴょんぴょん、とポロが飛び跳ねてくれる。

「別に世界に革命を起こしたくて作ったんじゃあないんだがなぁ」

「そうなんすか？」

俺はうなずいて、ポロの頭をなでる。

「ほら、地下にいるあいだ、ポロと話せなかったろ？　今、何やってるって言えなかったのが、気にかかっててさ」

俺が思う以上に、さみしい思いさせてたしな、事実。

「だから離れたときに、今何してるよーって、言えたら、ポロは安心してくれるかなって」

「そんな……私のタメに……作ってくれたんですか……？」

ぶわ、とポロが涙を流して、その場に崩れ落ちる。

「え、ええ!?　ど、どうしたポロ？　俺、なにか君を悲しませるようなことしたかい？」

ふるふる、とポロが首を横に振るう。

「ちがうんです……私のためを思って、こんな……素晴らしい、歴史的発明品を作ってくれたことが、うれしくって……」

歴史的発明品を作ったつもりはなかったんだが……。

まあポロのタメに作ったのは事実だ。

「気に入ってくれた？」

「はい！　はい！　とっても素敵な、最高のプレゼントを、ありがとうございます！　ヴィル様は……やっぱり優しくて最高の職人様です！」

笑顔のポロを見て、安堵する。

うん、まあ……伝説とかよくわからんが、彼女が笑ってくれたらそれでいいや。

「ヴィルさん……これ売ったら、億万長者になれるっすけど……量産販売とかしないんすか？」

「しない」

「ど、どうして？」

「別に金儲けしたくて作ってないからな」

作りたかったから、作った。

それだけなんだよ。

別に利益は追求していない。

量産は、まあできるけどさ。

「これ、売ればまじで億万長者夢じゃ無いっすよ……それなのに？」

「うん、やらない」

「はぁ……なんというか、変わった人っすねぇ」

するとポロが、はぁ～……とため息をついて首を振る。

「ロウリィ様、わかっていませんね」

「な、なんすか？」

胸を張って、ポロが言う。

「ヴィル様は変わっているのではなく、特別なのです。天才とは孤高、オンリーワンの存在」

「な、なる……ほど……？　まあ、たしかに今の世界で、ヴィルさんほどの天才はいないっすね」

「でしょう！　ヴィル様は、天才……いや、超天才なのです！」

なんかすごい気恥ずかしかったな。うん。

★

俺はディ・ロウリィの領地にいる。

隠しダンジョンから出て、魔神ロウリィちゃんをともない、俺は村へ向かっていた。

竜の背には俺とポロの二人だけだ。

「おー、ロウリィちゃん速いな」

ロウリィちゃんは白い竜の姿で空を飛んでいる。

この竜の姿こそが彼女の本来の姿なのだ。

『ヴィルさん、これからどうするんすか？』

「とりあえず、領地を出る前に、中の問題を解決しておこうと思ってさ」

『問題？』

俺はうなずく。

「そう、問題。大きく二つある。一つは、村に関すること。もう一つは、ロウリィちゃん、君に関することだよ」

『村と、自分すか？』

順々に説明していく。まず、村に関する問題。

ディ・ロウリィの領民は、竜化の呪いを受けていた。

そのせいで、領民ほぼ全員が蜥蜴人《リザードマン》、つまりモンスターの見た目になってしまっていた。

モンスターのはびこる呪いの大地、ということで、ここを訪れる人はほとんどいない。

行商人も、商工ギルドの連中も。

「村人たちの住居、結構壊れてるとこが目立ってた。直してくれる商工ギルドの連中も来ないし、直すための資材を仕入れることもできない」

ロウリィちゃんが辛そうに顔を伏せた。

自分のせいだって思ってるんだろう。

まあ確かに、竜化の呪いはロウリィちゃんが原因で、領地に流行らせてしまった伝染病みたいなもんだからな。

「ヴィル様。もう一つの問題というのは？」

「ん……まあそれは追々わかるよ」

俺たちはロリエモンの村へと到着した。

「あ！　おにいちゃんだ！」

村に入ると、ノーアちゃんが出迎えてくれた。

「よっす。セバースじいさんに用事があってきたんだ」

「よんでくるねー！」

ノーアちゃんが村の奥へ引っ込んでいく。

ポロが周囲を見渡す。

「たしかに、住んでいる家がどれも、ボロボロだったり、半壊してたりしますね」

「直す人も直す資材もないしな」

ロウリィちゃんが辛そうだ。俺は背中をぽんぽんと叩く。

「やっちまった過去は変えられないよ。でも、未来は変えていける。だろ？」

『ヴィルさん……』

「大丈夫。もう一個の問題も、俺が解決してみせるよ」

言うまでも無く、もう一つの問題というのは、ロウリィちゃんのことだ。

彼女は無自覚とはいえ、領民達に迷惑をかけてしまった。

彼女自身も、自分は疫病神的な存在だと思ってるんだろう。

それに村人達も、呪いの元凶たるロウリィちゃんに、思うところはあるはず。

この、領民とロウリィちゃんの間にある、精神的な溝。

これが、二つ目の問題だ。

だが俺にはもう解決のアイディアが浮かんでいる。

「おお！　領主様ではございませ……えええ!?　な、なんですかその竜は!?」

ノーアちゃんとともにセバース村長がやってきた。

彼はロウリィちゃんに気づいて目を剥く。

「白き竜神様だよ」

「し、しかし竜神様は……呪いにかかって……はっ！　ま、まさか……！　領主様が!?」

ポロがなぜかが得意げに胸を反らして言う。

「竜神ロウリィ様にかかっていた呪いは、ヴィル様が見事に！　解いてみせました！」

「おお！　なんということだ！　すごすぎる！」

セバース村長がキラキラした目を向けてくる。

「何度も領主様が変わっては、この問題をどうにもできずに帰って行きました。しかし、ヴィル様は一発で呪いを解いて見せた！　長く誰にもできなかった呪いを解くなんて！　すごすぎます！」

「どうもどうも。で、今日はちょっと村を直そうって思って来ました」

「村を！　直す！　おお、なんてありがたい！　ささ、どうぞどうぞ」

中に入る前に、俺は言う。

「ロウリィちゃんも一緒に入れていいか？」

「そ、それは……」

やっぱり、思うところがあるんだろう。

まあ、ロウリィちゃんのせいで呪いにかかっていた、って意識はあるだろうからな。

「頼む。彼女はもう悪さしない。むしろ、今まで迷惑かけてきた、お詫びがしたいそうだ」

「『お詫び？』」

セバース村長、そしてロウリィちゃんも揃って首をかしげる。

彼はうなずいて言う。

「わかりました。ほかでもない、領主様がお望みならば……」

「ありがと」

俺はロウリィちゃんもつれて村の中に入る。

こそっ、とロウリィちゃんが耳打ちしてくる。

『……お詫びって？』

「……まあ見とけって。したいんだろ、お詫び」

『……そ、それはそうっすけど。でも何ができるかって言われても』

「……だいじょーぶ。ちょっと素材を提供してくれればいいから」

『……素材？』

俺は村人達の症状、そして、呪い状態のロウリィちゃんの使った技から、とあるアイディアをもらっていた。

そして、工房にいるときに、設計図はもう完成させている。

ほどなくして。

「じゃ、まあ、ちゃちゃちゃっと壊れた家を直しますか」

神鎚《しんつい》ミョルニルを手に、そう宣言する。

すると俺の目の前に、いくつもの魔法陣が展開。

壊れた家の周りにも魔法陣が浮かんでいる。

「全修復＋超錬成」

かつん！　と俺が魔法陣を叩く。

すると壊れた家が一瞬で元通りになった。

「お、おお⁉　すごい！　家が直った！」

「すごいよおじいちゃん！　家が、とぉっても立派になったよー！」

直すだけじゃない、そこにもう一つ手を加えたのだ。

「迷宮の素材をプラスして、頑丈な家を作ったぞ。あと村を守る外壁もちょろっと作っといた」

目の前には立派な家々と、そして頑丈そうな外壁ができた。

色々作ってきたおかげで、俺は一気にたくさんのものを修理＋改造できるようになったのだ。

「さすがですヴィル様！　今までもすごかったのに、さらに腕前が上がってるなんて！　進化する天才とはまさにヴィル様のことかと！」

「どうもどうも。さ……問題にとりかかろうかな」

俺は村の中心へとやって来た。

「領主様、いったいなにを？」

「噴水を作る」

「ふんすい……？　王都などにある、水が湧き出るあれですか？」

「そう。村長、飲み水って川から汲んできてるんだよな？」

村長がこくんとうなずく。

村から川までは、結構距離があった。

水を汲むのにその都度、川まで行くのは大変だろう。

「そこで、こうする」

俺は■《ボックス》から、迷宮の壁から採取した素材を取り出す。

地面に置いて、かつん、と叩く。

その瞬間、大きな噴水の土台が完成。

「で、こうする」

今度はかつん、と土台を叩く。

その瞬間、水がドドドオ！　と湧き出てきた。

「川とこの土台とを、空間のトンネルでつないだんだ」

川から水を引いてくるのはめんどうだ。

だから、空間にトンネルをつくって、川と噴水とをつなげたのだ。

「く、空間のトンネル……？」

「まあ、簡単な転移みたいなもんだよ」

「す、すごい……！　そんな神業ができるなんて！」

つまり川と噴水とで水が循環するようになっているのだ。

「で、仕上げだ。ロウリィちゃん。鱗、一枚わけてくんない？」

『うろこ……っすか？　いいっすけど』

ロウリィちゃんは純白の鱗に包まれている。

俺はそれを一枚拝借して、噴水の土台に近づく。

「土台の根元に、くぼみがあるだろ。ここに鱗をはめる。すると……」

ぱぁ……！　と噴水の水が、一気に七色に輝きだした。

「な、なんと！　光っておりまするぞ！　これはいったい……？」

「ロウリィちゃんの持つ、癒やしの力を付与したんだ」

「なんと！　魔神様に、そんなお力が⁉」

俺はロウリィちゃんと戦って、彼女にすごい癒やしの力があることを知った。

そこで、思いついたんだ。

「ロウリィちゃんの鱗には、魔神の力……彼女が持つ癒やしの力が付与されてる。なら、これを道具に組み込めば、永久的にその力を受けられるんじゃあないかってな。試してみ？」

村長が、ちょうど、風邪を引いてる村人を連れてきた。

噴水の水を飲むと……。

「おお！　か、風邪が治りましたぞ！」

「何とぉ！　す、すごすぎる！」

飲めばたちまち病気の治る、噴水の完成ってわけ。

「川の中の微生物とかも、ロウリィちゃんの浄化の力で消えてるから、飲んでも腹を下さないよ。ありがとな、ロウリィちゃん」

はっ、とロウリィちゃんが何かに気づいた顔になる。

「ありがとうございます！　竜神様！」

セバースさんをはじめとして、村人達がロウリィちゃんに頭を下げる。

そりゃそうだ、彼女の存在が無ければ、この癒やしの噴水は完成しなかったのだ。

みんな、ロウリィちゃんに対して、笑顔を向けている。
溝が少し、埋まったんじゃあないかと思う。
ロウリィちゃんは目に涙をためたまま、俺に頭を下げて言う。
『ありがとう、ヴィルさん……！』
うん、うん、みんな笑顔で、俺もうれしいよ。

第六話　伝説の鍛冶師は、呪われし神を殺す

領民の住む村を直して回っていた、ある日のこと。

俺のもとに伝書フクロウが飛んできた。

その内容を見て、俺は急いで帝都カーターへと向かった。

帝都にある、帝都国立病院に呼ばれたのだ。

「キャロライン！　無事か？」

「……ヴィル、様」

病室のベッドに横たわっていたのは、氷の勇者キャロライン。

彼女は体中に包帯を巻いて、弱々しい姿を見せていた。

伝書フクロウには、至急帝都に来てほしいと書かれていた。

そして、こんな言伝《ことづて》が添えられていた。

『氷の勇者敗北、謎の獣と戦い負傷。氷聖剣アイス・バーグ、損壊』

「アイス・バーグが……戦いの最中に壊れたんだな？」

キャロラインが大粒の涙を流しながら、うなずく。

「何があった……？」

キャロラインが語ったことによると……。

帝国内にて、謎の巨大な化け物と交戦。

敵はあまりに強く、キャロラインに勝てる見込みはなかった。

そこでアイス・バーグがおのれの力のすべてを振り絞って、敵を氷に閉じ込めた。

その代償として、氷聖剣アイス・バーグが粉々に砕け散った……。

「そんな……勇者様でも勝てない相手なんて……」

ポロが絶句している。

俺も、驚くしかない。

キャロライン、というか聖剣の強さは、メンテしている俺がよく知っている。

どんな敵も凍らせ、打ち砕いてきたあの聖剣に、まさか通じない相手が現れるなんて。

いや、それよりもだ。

「アイス……うう……あいすぅ～……」

氷の勇者が大粒の涙を流してる。

あまり感情を表に出さない、この少女が。

今は、人目もはばからず泣いてる。

「ヴィル様……どうして勇者様はこんなにも悲しんでいるのですか？」

「こいつにとって、アイスは相棒以上の存在だったからだよ」

キャロラインは、生まれ持っての孤独を抱えている。

そんな彼女の唯一のよりどころ、それが、聖剣アイス・バーグの存在だった。

「母親とか、姉とか、ともかくそういう存在だったんだ」

「……それは、お辛いですね」

俺をここに呼んだ人物がいないが、たぶん、依頼はこういうことだろう。

聖剣アイス・バーグを、なんとかしてほしいって。

「ヴィル様、聖剣は直せるのでしょうか？」

「……無理だよぉ」

キャロラインが涙で顔をぐしゃぐしゃにしながら言う。

「……聖剣使いだから、わかる。聖剣は、人と一緒。壊れたら、死んだら、もう二度と、絶対に、元通りにはならないの……わぁあああああん！」

先代の八宝斎《はっぽうさい》のガンコジーさんも同じことを言っていた。

壊れたらそれまで。何をしても直らないと。

だから、メンテは欠かさないようにと言っていた。

「……どうして、先代様は、壊れたらそれまでと知ってるのですか？」

「……昔、聖剣が、壊れてしまったことがあったんだよ」

今は全部で六本の聖剣。

でも昔は、もう少しあったんだそうだ。

「実は聖剣は、大聖剣と小聖剣の二種類に分かれてるんだよ」

「大聖剣、小聖剣……」

「勇者が使う、世間一般でいうところの聖剣が、大聖剣。そして大聖剣には及ばないにしても、強い力を持つ剣があった。それが小聖剣」

大聖剣は、勇者にしか使えない、六本の剣。

小聖剣は、勇者以外でも使える、複数本の剣。

「じーさんが修理を依頼されたのは、小聖剣だった。……壊れた小聖剣は、直すことができなかったんだ」

「そん……な……」

キャロラインの表情が絶望に沈む。

多分、俺に一縷《いちる》の望みをかけていたのだろう。

「アイス、ごめんね。……ちゃんと、お別れできなくて、ごめんね、ちゃんと今までのお礼が言えなくて、ごめんねぇ」

キャロラインの涙を見ていると、胸が締め付けられる。

彼女にとって氷の聖剣は家族だったんだ。

家族が死ねばそりゃ、悲しむ。

「…………」

人は死ぬ。それは世の理《ことわり》だ。

道具《アイスバーグ》だって、そうだ。いつか、壊れる。

道具なんだから、しょうがない。

……だけど本当にそれでいいのか？

「いいわけないだろ」

じーさんが直せなかった、聖剣。

俺に直せるだろうか？

多分、王都にいたころだったら、無理だったろう。

でも、今は。王都を出て、いろんなものを直してきた、今なら。

「キャロライン。聖剣の核《コア》は、持ってるか？」

「ヴィル様、コアとは……？」

「聖剣の力の根源だ。夜空にも、柄の部分についてるだろう？」

闇の聖剣、夜空の柄には、アメジストの宝石がついてる。

ここが聖剣の、頭脳にして心臓。

「……持って、ます。これを」

キャロラインが大事に抱きかかえていたものを、俺に差し出す。

空色の美しい宝石だ。

「キャロライン、これを貸してくれ。俺が、再生させてみる」

「！　できるの？」

彼女の表情は曇っている。

先代の八宝斎《はっぽうさい》ですら、壊れた聖剣を直せなかったのだ。

死んだ家族の命は、もう戻らないって……彼女はそれを聞いて絶望してしまったのだろう。

昔の俺ならば、言えなかった言葉。

「任せろ。壊れた聖剣を、おまえの家族を……俺が直す」

俺にとってガンコジーさんは、高い目標だ。

超えられない壁だと思っている。

いくらすごい手を俺が持っていたとしても、技術者として、先代には遠く及ばないって。

でも、うるせえ。

今は、そんなこと言ってる暇ないんだ。

「な、なおるの？　アイス、なおるの！」

「ああ。核《コア》を触ってわかった。まだ、温かい。ここにまだ、アイスの魂は宿っている」

でも触れている核《コア》からは、どんどんと熱が失われて行っている。

多分、もうあと少しでアイスの魂は天に還ってしまうだろう。

その前に体を作り、現世に留まらせないといけない。

「……で、でもヴィル様。できるの？　だって、聖剣は神器《じんぎ》だよ？」

砕けた神器《じんぎ》。手元には核《コア》しか残っていない。

今までのように、呪いのアイテムがあるわけじゃない。

「任せろ。俺が、アイスの体を作る」

俺は、強い言葉を選んで発した。

でもそれは、自信があるから言ったのではない。

おのれを鼓舞する言葉だ。

だって、一歩間違えば大事な家族の命を、この手で摘んでしまうやもしれないのだから。

でも、やる。やるんだ。泣いてるこの子を、笑顔にしたい。

「大丈夫です、ヴィル様」

ポロが微笑みながら、俺の右手に触れる。

「あなた様ならば、必ずできます。たくさんの人たちを救い、笑顔にしてきた、この黄金の手があるのですから」

……覚悟は決まった。

俺は神鎚《しんつい》ミョルニルを手に取る。

「キャロライン。核《コア》は、君が手で支えててくれ」

こくん、とキャロラインがうなずく。

「……アイス、戻ってきて。まだ、わたしはあなたと一緒にいたい」

願いと、祈り。

それに呼応するように、核から巨大な魔法陣が出現した。

「アイス・バーグの、設計図だ」

俺にしか見えない、設計図。

何が必要で、どう加工すればいいのかが、わかる。

「■《ボックス》、オープン」
俺はボックスから必要となる素材を取り出し、設計図である魔法陣の上に置く。
右手に宿りし、五つの生産スキル。
それらすべてをつなぎ合わせ、俺は新しいスキルを発現させる。
「ヴィル様の体が、金色に光っておられます！」
俺の右手から発せられたエネルギーが体全体に、そして、俺の持つ神鎚《しんつい》に満ちていく。
五つの生産スキル。
これらは、過去だれかしらが持っていたスキルだ。
万物破壊は魔神が、超錬成はじーさんが持っていた。
でも、これは違う。
全く新しい力。
「【神器《じんぎ》修繕】！」
その瞬間、核《コア》および素材が黄金に輝きだした。
それらは混然一体となって、やがて一つの形を成す。
キャロラインの手の上には、美しい一本の聖剣が握られていた。
そう、氷の聖剣、アイス・バーグだ。
傷もひびも、なにひとつない、新品同様の聖剣がそこにはあった。
『うう……キャロ？』
「アイス！　生き返ったのね！　わぁあああん！」
アイスは、キャロラインをちゃんと認識できていた。
アイス本人だ。模造品でも、劣化品でもない。

「す、すごすぎます！　ヴィル様！　誰も直せなかった聖剣を、復活させるなんて！　まさに、もの作りの神、創造の神ですよ！」

神かどうかはしらん。

だが、これでいいんだ。

「ありがとう、ヴィル様！」

使い手と道具が、笑っている。

俺は、もうそれだけで十分なのだ。

《ライカ Side》

ヴィルが勇者キャロラインの聖剣を直している、一方そのころ。

雷の勇者ライカは帝国内の草原にいた。

「くそ！　邪魔くせえ！」

ライカは聖剣サンダー・ソーンをふるいながら大いに焦っていた。

草原には一つの氷像が鎮座している。

それは巨大な獅子の姿をしている。

黒いミミズのようなものに覆われしその獅子は、かつて神だったものの成れの果て。

ロウリィと同じく、かつて神だったものが、呪いに侵されて暴走している姿。

それを、邪神という。

帝国内に出現した邪神を討伐しようと、ライカは帝国の軍人たちを引き連れ現場へと急行した。

しかしそこには、すでに王国の勇者キャロラインがいて、涙を流していた。

事情を聴くと、どうやらキャロラインは帝国にいるヴィルに会いに来たそうだ。

その道中で邪神と出会い交戦したが、歯が立たず、結局封印するだけにとどまったという。

封印が完了した。が、これで問題解決……とはならなかった。

邪神を封じた氷が、少しずつひび割れていったのだ。

このままでは早晩、封印は解けてしまうだろう。

封印ではなく、倒す必要があった。

『キャロライン、あとのことはあたいに任せな。あんたは下がって体勢を立て直すんだよ！』

ライカは部下に命じ、氷の勇者を帝都へと搬送させた。

あとにはライカ、そして軍人たちが残った次第だ。

「ライカ様！　だめです！　まだ湧き出てきます！」

「くそ！　厄介だね！　あのミミズの化け物は！」

ライカたちの目の前には、黒い色をした、巨大な触手の化け物がいる。

これは邪神の体表に張り付いていたものだ。

結界のひび割れから、この触手がはい出てきて、ライカたちに襲い掛かってきたのである。

ライカと軍人たちは応戦した。しかし……。

「銃構え！　撃てぇ！」

軍人たちが、銃剣を構えて引き金を引く。

放たれた銃弾が触手に次々命中し、穴だらけにする。

しかしその穴はすぐにふさがってしまうのだ。

「くそ！　全然効いてない！」

再生を繰り返す触手の化け物。

ライカは鞭状の聖剣、サンダー・ソーンで攻撃する。

「雷蛇《らいじゃ》！」

ライカは聖剣を地面に叩きつける。

雷の蛇が出現して、触手に巻き付いて感電死させる。

しゅうう……と黒焦げになった触手から湯気が出る。

「やったか……」

「ぐわぁあああああああああああ！」

軍人の一人が悲鳴を上げる。

その腕には、極小の黒い触手がまとわりついていた。

「腕がぁ……！」

触手は軍人の腕に吸いつくと、途端に分裂・増殖していく。

「人間の生命力を、エサにしてるのか⁉」

増殖した黒い触手は、軍人の体をむしばんでいく。

「ぐぎゃぁあ！　がぁあああああああああああ！」

すさまじい悲鳴が周囲に広がり、軍人たちに恐怖を抱かせる。

触手まみれになった軍人は、この世のものとは思えない悲鳴を上げてのたうち回っていた。

「くそ！　触手を攻撃しようにも、あたいの雷じゃ本体も感電死させちまう。引きはがそうとしたら、そいつが呪いにかかる！」

厄介極まりない相手だった。

銃弾で攻撃してもすぐに再生。

剣で切りかかっても同じことだ。むしろ、接近して戦えば、あの触手の餌食になってしまう。

している。

「どうする……もう封印も解けちまうよ！」

びき、びきびき！　と、キャロラインが聖剣を代償に張った封印結界が、今にも砕け散ろうと
触手ごときに手こずっているこの状況下で、もしあの邪神が解放されたら……。

脳裏には邪神が帝都を襲撃し、人々に死の苦しみを味合わせている姿がうつる。

そんなことはさせるものか。

愛する皇帝陛下も、祖国も、自分が守る！

「……あんたら、撤退しな」

ライカが軍人たちに命じる。

彼らは困惑の表所を浮かべながら言う。

「し、しかしまだ触手は残ってる状況で、しかも邪神は復活間際です！」

「ああ、だから、あたいがやる。【聖剣技《ソードアーツ》】を」

「ソ、聖剣技《ソードアーツ》ですって⁉」

聖剣使いの全魔力、そして、聖剣（剣精《けんせい》）の寿命を削り放たれる、超必殺技。

「すまねえ、サンダー」

『気にするでない、ライカちゃん。わしの覚悟はとっくに決まっておる』

雷の聖剣サンダー・ソーンの意思である、剣精《けんせい》サンダーが、はっきりと言う。

『封印が解けた瞬間を狙って、我が聖剣技《ソードアーツ》を放つのじゃ』

「ああ、チャンスは……一回こっきりだ」

聖剣技《ソードアーツ》を使ってしまうと、ライカはすべての魔力を失い動けなくなる。

また、サンダー・ソーンも寿命を削ることになり、下手したらこの一発で、砕け散ってしまう。

「……悪かったな、サンダー。荒っぽい使い手で」

『ふふふ、確かにわしの好みのおしとやか系女子とはちがったが、ま、かわいかったよ。孫のようでな』

ライカはぎゅっ、とサンダー・ソーンの柄を握り、これまでのことを思い出す。

彼女は呪われていた。何度も、サンダーに当たり散らしていた。

けれどサンダーはライカを見限ることなく、励まし続けてくれたのだ。

彼女にとってサンダーは、本当のおじいちゃんのような存在。

そんな彼に、これから特攻させる。

「サンダー……いくよ」

外すわけにはいかない。これで、決める。

ばきん！　とキャロラインの封印が溶ける。

「はぁ！」

その瞬間、ライカは時を止める。

彼女にはヴィルからもらった、時王の眼《クロノ・サイト》がある。

しかし彼女はまだうまく力をコントロールできず、氷の封印の上からは、時を止める力が使えなかった。

封印がとけ、生身を外にさらした瞬間、彼女は眼を使って邪神の時間を止める。

聖剣技《ソードアーツ》には、発動前に大きな隙が出来るから。

だから時を止めて、確実に聖剣技《ソードアーツ》を当てる。

「神器開放《リリース》！」

彼女は鞭状の聖剣、サンダー・ソーンを振り回す。

そして、上空に雷雲を発生させた。

ライカは思い切り振りかぶって、サンダー・ソーンを天へと放り投げる。

鞭は天へ上り、雷雲を吸収する。

そして雲が晴れると、そこには山すら飲み込むのではないか、というほどの巨大な雷の蛇が出現していた。

「聖剣技《ソードアーツ》！　【電帝世界蛇《ヨルムンガンド》】！」

その瞬間、巨大な雷の蛇がため込んでいた雷を開放。

周囲に極大の雷を降らせる。

雷撃は地面を、山を削る。

たえまなく、超高電圧の雷を邪神に浴びせた。

『とどめぇええええええええええええええ！』

最後にサンダー・ソーン自体が邪神に食らいつき、さらなる衝撃を与えた。

……気づけば、草原には巨大なクレーターができあがっていた。

ふらり、とライカはその場に倒れる。

「そ、そんな……」

「ギャロォオオオオオオオオオオオオオオオオオオオオオオオ‼」

邪神は、無傷だった。

必殺の奥義を受けても、ぴんぴんしてる。

『すまぬ……ライカ……』

サンダー・ソーンは今の一撃で、粉々に砕け散った。

「さんだー……」

手元には聖剣がなく、また全魔力を使い切ってしまった。

「もう、おしまいだ……」

そのときだった。

カツーン！

……何かが硬いものをたたく音がする。

その瞬間、ライカの魔力が元通りになり、そして、破壊された地面も……。

『なんじゃ！　なにがおきてる⁉』

「サンダー！　これは、まさか！」

壊れた聖剣、地形を一瞬で戻し、そして、ライカの体力を瞬時に回復させた。

こんな神業ができるのは、ひとりしかいない。

「ギャロォオオオオオオオオオオオオオオオオオオオオオオオ！」

邪神が腕を振り上げる。

だが、固い何かにはじかれた。邪神の周囲に結界が一瞬で張られたのである。

「悪い、遅くなった」

「先生！」

ヴィル・クラフトが現地に到着したのである。

《ヴィル Side》

「先生！　来てくれたんだね！」

ライカが聖剣サンダー・ソーンを胸に抱き、涙を流しながら俺に言う。

よかった、無事直ったようだ。

『信じられんわい……。聖剣を直してしまうなんて……ただものではないとは思っておったが、ここまですさまじい職人だったとは』

って、あれ？

サンダー・ソーンの声が、聞こえる？

闇の聖剣、夜空の時と同じだ。

聖剣なのに、使い手以外でも剣精《けんせい》の声を聴くことができる。

でもあれは、夜空が誰もが使える聖剣だったからじゃなかったのか……？

「まあいい。このでっかい獅子は俺に任せてくれ」

「け、けどよ先生！　一人じゃあぶねえよ！」

「大丈夫。ライカは、あの触手の方をなんとかしてくれ」

獅子の体表は黒い触手で覆われていた。

その触手はうぞうぞと動いて、四方に散らばっていく。

「そ、それはいいけど、先生。あの触手は攻撃してもすぐに再生しちまうんだ」

『ライカちゃんよ、大丈夫じゃ。今のわしなら、できる気がする』

「なんだって？　本当かい？」

『ああ。わしは壊れる前より、強くなっているのを感じる。いくぞライカちゃん！』

ライカがうなずいて飛び出す。

鞭状の聖剣、サンダー・ソーンをふるう。

ばしん！　と鞭が触手をはじくと、そのまま消滅した。

「す、すげえ！　先生すげえよ！　サンダー・ソーンがパワーアップしてる！」

「え、そうなの？」

「ああ！　前は倒しても、敵が再生してきた。でも今はちがう！」

ライカが鞭を振りまわす。

ばしばし！　と音を立てながら触手が黒焦げになって消えていく。

「先生が直してくれたおかげで、前より強くなったみたいだ！　さすがだぜ先生！」

うーん、ただ直しただけだったのに、どうやらアップグレードされてるようだ。

そんなつもりはなかったが、まあいい。

「ライカ、任せるよ。ロウリィちゃんとポロは、サポートお願いいな」

ポロと、空中で旋回していた、ロウリィちゃんがうなずく。

『ヴィルさん、あの獅子、自分と同じっす。邪悪なる意思に憑りつかれて苦しんでるっす……』

やっぱり、ロウリィちゃんの時と同じ状態のようだ。

なにか呪い的なものを受けて、あんなふうに暴れまくっているのだ。

今は結界で抑えているけど、根本的な解決にはなっていない。

直すなら、あの中に入って、直接直すしかないな。

「わかってる。俺に任せろ」

ロウリィちゃん、そしてライカが強くうなずく。

俺の職人としての腕を、信頼してくれているのだろう。

「………………」

以前、王都にいたころ、シリカルは俺に、武器を作れ、おまえならできるだろうって、結構無茶な注文をしてきたっけ。

あの頃は人に……というかシリカルに何か頼まれるのは、苦痛でしかなかった。

でも今はちがう。

人に頼られるのを、心地よく感じる。

なんでだろうかって考えて、わかった。

多分今は、使い手の顔が見えるからだ。

部屋にこもって、大量に武器を作り続けていたときには、作ることばかりで、使ってくれる人と触れ合うことはなかった。

そんな暇はなかった。

でも今は違うんだ。

作ったもの、直したもの。

物を使う人の笑顔を、近くで見ることができる。

それが、本当にうれしかった。

「ギャロォオオオオオオオオオオオオオオオオオオオオオオオ！」

獅子が苦しそうに吠えている。

呪いのアイテムが、額に植え付けられているのが分かった。

「ちょっと待ってろ。俺が、おまえを直す」

何者も外に出られなくする結界。

俺は結界の中へと突入する。

作り手である俺は結界の中へと入ることができる。

その瞬間、無数の触手が俺に襲ってきた。

だが触手は俺にまとわりつくとすぐに消し飛ぶ。

体の周りに薄く結界の膜を張っているのだ。

「ギャロォオオオオオオオオオオオオオオオオオオオオオオオオオオ！」

獅子が高速で移動してきて、その太い前足で俺を攻撃する。

どがん！　という音とともに俺は背後に吹き飛ばされる。

空中で体をひねって着地する。

「結構な膂力《りょりょく》。それに……鋭い爪を持ってるようだな」

俺の体に張っていた、薄膜の結界が破れていた。

よく見ると、獅子を覆う結界が、ところどころが壊れている。

「防御しててもダメか。なら……」

俺は神鎚《しんつい》を両手でにぎりしめて、言う。

「肉体改造《フィジカル・ブースト》！」

その瞬間、俺の体が光りだす。

「!?　ヴィル様！　大丈夫ですか!?」

ポロが結界の外で雑魚を掃除しながら、俺に焦った様子で聞いてくる。

「大丈夫。ちょっと肉体を改造しただけだ」

「肉体を……改造？」

そこへ獅子が襲い掛かってくる。

さっきよりも素早く近づいて、俺に向かって爪による斬撃を放ってきた。

「危ない！」

ばきん！

「って、ええ!?　爪が割れた!?」

獅子の爪がすべて粉々に砕かれている。

俺は獅子の背後を取っていた。

「⁉　い、いつの間に移動を⁉」

「せーの！」

俺は神鎚《しんつい》のサイズを変更する。

巨大な鎚に変えて、獅子の顔を横からぶん殴る。

ばこぉおおん！　という音とともに獅子が吹っ飛んでいく。

結界にぶつかって、ずるずるとその場に倒れた。

「あの巨体を吹っ飛ばしてしまうパワー。それに、一瞬で背後に回るスピード。今のは？」

「肉体改造《フィジカル・ブースト》。超錬成の全てを応用した、身体強化術だよ」

超錬成は、あらゆる物質を思った通りに変形させるスキルだ。

あらゆる物質、つまり、おのれの肉体（細胞）もそこには含まれている。

俺は超錬成を使って、俺の肉体を構成する細胞を、一時的に超人のものに作り替えたのだ。

「すごいです！」「さすが先生だぜ！」

ライカとポロは、順調に触手の数を減らしていっている。

俺も今、獅子をぶん殴って気絶させた。

あとは呪いを解除するだけだ。

獅子の近くへと寄る。

獅子は体を起こそうと必死になってるが、しかし、ダメージが大きくて立ち上がれない様子だ。

「安心しな。俺は別にお前を殺すわけじゃあない」

獅子の神は俺をじっと見つめている。

その目に、理性が戻った。

体の力を抜いて、俺に身をゆだねてくる。ありがとう。
獅子の額には、こぶし大の紅玉が植え付けられていた。
赤い宝石の中に、縦に割れた瞳孔のようなものがある。
「目玉みたいだ。気持ち悪い」
俺は魔法陣を展開。
このアイテムの設計図を読み上げる。……なるほど、なかなかえげつない。
ハンマーを振り上げて、紅玉をたたき割る。
ぱりぃいいん！
魔法陣とともに紅玉が砕け散る。
その瞬間、獅子を覆っていた黒い触手が、すべて蒸発した。
獅子の体から完全に触手が消えさる。
獅子は目を覚まして、俺に言う。
『わたしは、生きているのですか？』
あら？　男かと思ったら、女の声だ。
「おう。もう大丈夫。呪いの目玉は俺がぶっ壊した」
『人の子である、あなたが……？』
信じられない、といった表情で俺を見ている。
だが自分の体が楽になってることに気づいてたようだ。
彼女は目に涙をためながら頭を下げる。
『ありがとう、人の子よ。わたしを殺さず、助けてくれて』
「おう、良かったたな」

と、そのときだ。

『ふざけるな！　ふざけるなぁあああああああああああ！』

結界のほころびから、黒い触手が入ってくる。

ポロたちが戦っていた触手だろう。

その触手は空中で人の形となる。

顔面にはさっきの、赤い大きな目玉が一つ。

『ありえない！　なぜだ！　なぜわが呪いのアイテムを砕いて、そこの獅子が生きている⁉』

触手の化け物が焦った調子で聞いてくる。

獅子が首をかしげながら俺に問う。

『どういうことですか？』

「あのアイテムは、獅子さんの体に根を張ってたんだ。無理やり引き抜いたり、壊したりすると、獅子さんの体と脳が破壊されていた」

『そんな……なんとおぞましい……』

そう、本当にくそったれなアイテムだった。

人を操り、人を殺そうとするなんて。

『てめえ、ふざけんなよ人間！　おれの計画を台無しにしやがって！』

「ふざけてるのはてめえだろ。俺は……今、猛烈に怒ってる」

物は、人を幸せにするものだ。

理不尽に人を傷つけたり、殺したりするものじゃない。

『殺してやる！　七福塵様《しちふくじん》が作りし呪物！　付喪神《つくもがみ》である、このおれが！』

「黙れ。おまえは直す価値もない。俺が責任をもって、ぶっ壊してやる」

★

俺の持つ黄金の手には、五つの生産スキルが存在する。

超錬成。万物を自在に変換する。

全修復。壊れたものを瞬時に完璧に修復。

付与。作ったものに特定の効果を付与する。

万物破壊。万物を完璧に破壊する。

そして、最後のスキル。

俺はこの力があまり好きではない。でも、必要とあれば、使う。

多分、それが今なんだと思う。獅子の体を暴走させていた、呪いのアイテム。

そのアイテムに取り憑いてた邪悪なる意思、付喪神《つくもがみ》。

一見すると、大きな人間に見える。

でもよく見ると、複数の触手がからみあって、まるであやとりのように、人間のすがたを作ってるだけのように見えた。

「付喪神《つくもがみ》だかなんだかしらないが、俺はおまえを倒す」

『やってみろ人間風情がぁ！』

付喪神《つくもがみ》が右腕を振りかざし、俺に向かってこぶしを振る。

聖なる結界を作りそれを防ごうとした。

『甘いわぁ！』

触手が蛇のように動いて、目の前に展開した結界を避けてきた。

俺はとっさに錬成スキルを発動。

地面から無数の鉄の槍を作る。

だが槍は、触手を素通りしたのだ。

蛇がよけたんじゃない、透けたのだ。まるで幽霊に触れているかのようだ。

俺は肉体改造《フィジカル・ブースト》をし、高速で触手から逃れる。

『無駄無駄ぁ……！』

今度は付喪神《つくもがみ》が左の腕を振るってくる。

同じように触手が俺めがけて襲ってくる。

二本の巨大な触手に追い回される俺。

何度地面から武器を錬成しても、通用しない。

『馬鹿が！　無駄なんだよ。我ら神を、人間ごときが作りしもので、傷つけることは不可能！』

それを聞いて、俺は闇の聖剣、夜空を作ったときのことを思い出す。

聖剣は神器《じんぎ》だ。

神器《じんぎ》には、作った本人（神）を傷つけることはできないルールがあった。

裏を返せば、神器《じんぎ》で神を攻撃は可能。いや、ただしくは……。

「神器《じんぎ》でなければ、神を殺すことはできない、か」

『!?　き、貴様……なぜそのことを知ってる!?　たかが人間が！　なぜ!?』

やっぱりそうだ。神器《じんぎ》でなきゃ攻撃できない。

だから、地面からいくら通常の武器を作っても、攻撃できなかったわけか。

今、手元に神器《じんぎ》は一つしかない。

俺の祖父、ガンコジーさんの作ってくれた、神鎚《しんつい》ミョルニル。

このハンマーで攻撃すればいい。

だが、やつの体は無数の触手で覆われている。

あの触手は、聖剣を壊した。

つまり神器《じんぎ》を壊す呪いがかかっているんだ。

じーちゃんのハンマーで直接なぐったら、壊れてしまうだろう。

『くたばれぇぇぇ……！』

付喪神《つくもがみ》が触手を伸ばして俺に攻撃してくる。

「……しかたない」

本当は使いたくない。けれど、今は、使うべき時なのだ。

個人の好き嫌いなんて、小さい事にこだわってるときではない。

「■、全開《ボックスフルオープン》」

俺の目の前に、黒い箱が出現する。

これは黄金の手に付随される、機能の一つだ。

『そんな箱ごときで何ができる⁉』

「――――」

スキルを発動させる。その瞬間。

ボッ！

触手が一瞬で消し飛んだのだ。

『ば、ばかな⁉　おれに攻撃が通じた⁉　ありえん！　神に通常攻撃は効かないはず！』

付喪神《つくもがみ》が動揺する。

絶対に攻撃が当たらないと思い込んでいたからだろう。

『き、貴様！　神器《じんぎ》を使うのか⁉　人間の分際で⁉』
「いや、違うよ。俺の持つ本物の神器《じんぎ》は、一個だけだ」
ガンコジーさんの作った神鎚《しんつい》ミョルニルは使っていない。
では、何を使ったのか…いや、正確には、作ったのだ。
「贋作《がんさく》複製……エクスキャリバー！」
その瞬間、■《ボックス》から一本の美しい、黄金の剣が吐き出される。
『ば、ばかなぁ⁉　聖剣だとぉ⁉　なぜだあ！　なぜ聖剣を持ってる⁉』
今作ったエクスキャリバーが、高速で射出される。
付喪神《つくもがみ》の脇腹を貫いた。
『ふぎゃぁあああああああ！』
触手が武器に触れた瞬間、作ったエクスキャリバーはボロボロになって消える。
……すまねえ。でも、こうしないと勝てないんだ。
「贋作複製……エクスキャリバー、一〇〇本！」
その瞬間、■《ボックス》が分裂した。
空中に一〇〇個の■《ボックス》が出現し、そこから黄金の剣が顔をのぞかせる。
その数は、■《ボックス》と同じ。
『あ、あああありえない！　聖剣を一〇〇本も⁉　ありえない！』
「ああ、だがこれは、全部偽物なんだ」
『偽物だとぉおおお⁉』
俺は一〇〇本の聖剣を、■《ボックス》から射出する。
高速で飛翔したそれらは、付喪神《つくもがみ》の体を穴だらけにした。

神を攻撃できるのは、神器《じんぎ》のみ。

聖剣は本来神の作ったしろもので、オンリーワンなものだ。

通常、一〇〇本なんて作れない。

そう、これらは……俺が作った贋作。偽物だ。

「これが俺の、最後のスキル。無限贋作複製だ」

『む、無限……贋作複製!?』

俺は■《ボックス》を展開する。

やつの周りを取り囲むように、無数の■《ボックス》が出現する。

「この■《ボックス》には、かつてこの黄金の手の持ち主たちが作った、神器《じんぎ》の記憶が秘められている。俺のスキル、無限贋作複製は、魔力を込めることで、一時的にその偽物を複製し、呼び出すことができるんだ」

その瞬間、付喪神《つくもがみ》を取り囲んでいた■《ボックス》から、数々の神器《じんぎ》が顔をのぞかせる。

『グングニル、イージス、エクスキャリバー……ばかなばかな！　神器《じんぎ》の博物館じゃないかこれじゃ!?』

言いえて妙だな。まあ、全部偽物なのだけども。

「この偽物の神器《じんぎ》の寿命は一分。一分で消えてしまう。所詮は偽物、魔力で作ったコピー品だ」

魔力がある限り、無限に複製はできる。

でも、複製品であって、本物を作り上げるわけじゃない。

作られても、すぐに消えてしまう、はかない贋作達。

心のこもっていない製品を大量生産する。だから、俺はこのスキルが嫌いなんだ。

「終わりだ」

無数の■《ボックス》から神器《じんぎ》が大量に吐き出される。
それらは機関銃のように、高速で射出された。
ずどどどどど！
『いぎゃぁああああああああああああああ！』
……付喪神《つくもがみ》の体は無限の神器《じんぎ》による攻撃を受けて、消滅した。
そして、神器《じんぎ》たちもまた消え去ってしまう。
「わるいな、みんな」
犠牲となった贋作達に俺は謝る。
何度やっても、このスキルは好きになれないわ。
「すごい、すごいですヴィル様！！！」
結界の外で、俺たちの戦いを見ていたポロが、俺に飛びついてくる。
「神を倒してしまうなんて！　すごいです！　さすがヴィル様です！」
偽物を犠牲にしてつかんだ勝利。あまりいい気分ではない。
けれど、帝国のみんなを守れた。
ポロも、そして雷の勇者ライカや、帝国軍人のみんなも笑っている。
みんなの笑顔が見れたから、俺はそれでいいやって、そう思ったのだった。

閑話　伝説の鍛冶師は、女子からモテまくる

俺は付喪神《つくもがみ》を撃破した後、帝都の病院にいた。

「ヴィル様♡　あーん」

「いや、自分で食べられるって」

ベッドに寝かせられてる俺。

ポロが、切ったリンゴを口に運んでくる。

「いえ！　ヴィル様はお疲れですから、私がやります！」

そこへ……。

「ポロちゃんよ、すっこんでな。あたいが先生に食べさせるんだ」

「……あなたも下がってなさい、ライカ。ヴィル様はわたしが」

氷の勇者キャロライン、雷の勇者ライカも、病室にいる。

「悪いな、おちびさん、あたいは先生の女なんでな」

「……はぁ？　なんですかそれ。ヴィル様に勝ったんですか？」

「ああ」

と、すっとぼけるライカ。

ライカとは、戦って勝ったら結婚するって約束をさせられている。

空色の髪が美しい、氷の勇者はフンっと鼻を鳴らして言う。

「……うそばっかり。ヴィル様は貴女如きに負けません。だいいち、付喪神《つくもがみ》に手も足も出なかったのでしょう、貴女？」

「うぐ……た、たしかにそうだけど……」

さて、今どうしてこうなってるのか？

時間は昨日までさかのぼる。

帝都内の草原にて、俺は突如あらわれた、神の呪いを解いた。

その後、呪いのアイテムに憑り付いていた化け物、付喪神《つくもがみ》と戦闘。

そこで俺は、奥義である無限贋作複製のスキルを発動させた。

魔力を消費することで、あらゆる神器《じんぎ》を一分間だけ、再現するというもの。

俺は神器《じんぎ》を複製しまくり、その結果魔力をすべて消費して、ぶっ倒れてしまった。

その後俺は帝都病院に連れていかれ、今に至る。

眠ったら魔力は全回復したので、入院なんて必要ないと医者に言われたのだが……。

「ヴィル、おはようございます」

「アルテミス陛下」

皇帝陛下も病室へとやってきた。

ご高齢だった陛下だが、俺のスキルで病気だけでなく、若返りまでしてしまったのだ。

金髪の美しい姿をした陛下が、俺のもとへとやってくる。

「お加減はいかがでしょうか？」

陛下が俺の手を取って、顔を近づけてくる。

心配そうに眉根を寄せていた。

「だいじょーぶですよ。どっこも体はいたくないですし、魔力も回復しました。もういつでも退院可能です」

すると陛下は「なりません！」といって激しく首を振ってくる。

「ヴィルはこの帝国の至宝なのです！　決して失わせてはいけない、唯一無二の存在！　どこにも異常がないか、きちんと精密検査を受けて、調べないと！」

大げさだなぁ。

まあそんだけ大切にしてもらえて、悪い気はしないけどな。

そこに、キャロラインが顔をしかめて言う。

「……皇帝陛下。いつ、ヴィル様が帝国の所属になったのですか？　彼は王国の人間ですっ。勝手に帝国にヴィル様を縛り付けないでくださいますか？」

あ、そうだった。

キャロラインには言ってなかったな。

「俺、皇帝陛下から貴族の地位もらったんだよ」

「！　そ、そんな……！」

キャロラインがこの世の終わりみたいな表情をする。

なんだどうしたんだ？

「帝国の所有物になられたということですか？　じゃあ、王国の勇者とは……もう……」

ああ、なるほど。

キャロラインは王国の勇者だ。

所属が違うから、聖剣をメンテしてもらえなくなるかもって、危惧してるわけだな。

あわてんぼうさんだな。

「大丈夫だよ、キャロライン。俺はおまえの面倒も見るから」

「〜〜〜〜〜〜〜〜〜〜〜〜〜!?」

キャロラインが顔を真っ赤にした。

湯気がでるんじゃないかってくらい、そりゃあもう見事に。

「う、うう……」

「う？」

「お、お外、は、はしってきますぅうううううう！」

キャロラインが病室からものすごい勢いで出て行った。

「聖剣の面倒見てもらえるのが、そんなにうれしかったのか？」

『いや、どう見ても違うっすよ……』

お、脳内に魔神ロウリィちゃんの声が聞こえてきた。

「ロウリィちゃん、今どこにいるの？」

『帝都上空にいるっす』

「そんなとこいないで、降りてこいよ」

しかしロウリィちゃんの返答はなかった。

あら？　どうしたんだろう。

「ヴィル、どなたと話してるのですか？」

「ああ、えっと……」

俺は簡単に、ディ・ロウリィの領地であったことを報告する。

呪いによってロウリィちゃんが暴走していたこと。

領民が困っていたこと。

「………」

アルテミス陛下は、俺の前で深々と、頭を下げてきた。

え、ええ⁉　なんで⁉

「申し訳ありませんでした、ヴィル。まさか、領地がそのような状況になっているとは、つゆ知らず……」

「あ、いやいや！　陛下のせいじゃないっすよ。悪いのはディ・ロウリィの状況を報告しなかった、前の領主ですし……」

「それでも、きちんと状況を把握せず、問題のある土地を渡してしまったこと、本当に、本当に申し訳ありませんでした……」

いや、そんなに気にしなくても全然いいのに……。

「帝国に訪れた未曽有の危機を救ってくれた、大英雄だというのに、大変失礼なことをしてしまい、本当にすみません」

だ、大英雄だってぇ？

「そんな大げさな……」

「先生、大げさじゃあねぇさ」

ライカがまじめな顔で言う。

「あのとき先生が来なかったら、まじで帝国は滅んでたよ。帝国最強の剣士と、精鋭ぞろいの軍隊が挑んでも、あの呪われし神には敵わなかったわけだし。ましてや、付喪神《つくもがみ》の強さは別格だった。あの場に先生がいて、本当に良かった。本当に感謝してるよ」

ライカもまた頭を下げてくる。

「いや別に俺は大したことしていないさ。あのときは、たまたまあの付喪神《つくもがみ》と、俺の相性が良かっただけだよ」

神器《じんぎ》での攻撃が有効な敵に対して、神器《じんぎ》を無限に複製できる俺が、たまたま居合わせたから、勝てただけだ。

「ヴィルは、本当に謙虚なおかたですね。強いだけでなく、その強さをひけらかさない。真の英雄とは、あなたのような人を言うのでしょう」

「そんな大げさすぎ。それに俺、強くないですから」

ぽかーん……とするアルテミス陛下と、ライカ。

ポロも困惑顔だった。あれ？

「だってあれは、神器《じんぎ》が強いのであって、俺は別に強くないだろ」

まあ強い弱いとか、俺にはよくわからないし、興味ないけども。

付喪神《つくもがみ》を倒したのは、無限に複製された神器《じんぎ》たちじゃないか。

俺がパンチで倒したなら、まあ俺が強かったでいいけどさ。

「「「…………」」」

「え、どうしたのみんな？」

なんか三人とも、目を点にしていた。

あれれ？

『ヴィルさんってやっぱり、かなり変わってるっすね……』

あ、ロウリィちゃんだ。

「え、俺変わってるかな？」

『ええ。どーーみても、あんた強いっすよ！　神器《じんぎ》を無限に複製した時点で、やばすぎでしょ！』

「いやいや、でもほら神器《じんぎ》を無限に複製しただけだし」

『それがもう異次元なんだって言ってるんすよ！　もう！』

まあなんかわからんが。

「とにかく、俺は別に当然のことをしたまでだから、そんな頭を下げなくてもいいですよ」

アルテミス陛下が「そ、そうですか……」と困惑気味に言う。

うーん、そんなおかしなことは言ってないと思うんだけどね。

「話は変わりますが、ヴィル。あなたに支払う報酬のことなんですが」

「え？　報酬？　なんの？」

「帝国の危機を救ってくれたこと、そしてライカの聖剣を直してくれたことに対する報酬です」

付喪神《つくもがみ》との戦闘中に、雷の聖剣が壊れてしまったんだよな。

「あー、いいっていいって、気にしないで。あれはお金が欲しくてやったわけじゃあないからさ」

剣が可哀そうだから直しただけだし、いわば、自己満足の範疇だ。

仕事じゃない。

「なんということでしょう。お金ではなく、助けたいというただその一心だけで、自らの危険も顧みずに、あのような化け物に挑むなんて……！」

陛下がなんか目をキラキラさせてらっしゃる。

勇者二人も、感心したようにうなずいていた。

あれ？　聖剣の話してるんだけど、なんか国の話と勘違いされてる？

まあどっちにしても、別に俺がやりたくてやったわけだが。

「ヴィル、どうか、報酬を支払わせてください。そうでなければ、心が痛みます」

「ふーん……そういうもんかね」

でも別に金が欲しいとは思わないんだよな。

工房も手に入れたし……あ。

「そうだ、じゃあ、一個お願い聞いてもらいたいんだけど」

「なんでしょう！　なんでも致します！」

なんでもか。じゃあ遠慮なく。

「ロウリィちゃんのこと、許してやってほしいんだ」

『！　ヴィルさん……それって……』

ロウリィちゃんは、領民の人たちに迷惑をかけた。

彼女の呪いのせいで、領民はモンスターになり、村は外部と交流できなくなり、窮地に追い込まれていた。

多分だけど、ロウリィちゃんはそのこと、すっごい気にしてるんだと思う。

「ロウリィちゃんは、まあたしかに迷惑かけちゃったけど、でもワザとじゃないんだ。好きな人が死んだ悲しみに囚われてただけ。それに……彼女に呪いをかけた人物は、ほかにいる」

ロウリィちゃんの住処には、妙な結界が張ってあった。

それを作り替えたからわかる。

あれは、ロウリィちゃんの悲しみを暴走させる呪いだった。

「ロウリィちゃんは悪くない。でも、やっちまったのは事実だ。罰を受けなきゃいけないかもしれない。でも……俺に免じて、許しちゃくれないかな？　報酬とかいらないからさ」

『ヴィルさん……うう、うわあああん！』

びりびり、と病院の窓が揺れる。

外には大きな白い竜がいて、滝のような涙を流していた。

アルテミス陛下は俺とロウリィちゃんを見て、厳かにうなずいて言う。

「わかりました。では、この度の報酬として、魔神ロウリィの一件はお咎めなしとします」

「ありがとう、陛下」

俺は窓を開けて、ロウリィちゃんに笑いかける。

「許してくれるってさ。よかったな」

『ありがとうございますっす！　ヴィルさん！』

うんうん、これで一件落着だな。

よかったよかった。

第七話　裏切り者は、闇に落ちる

ヴィル・クラフトが帝国で、英雄扱いされている。

そのことが日刊予知者《ノストラ》新聞に大きく取り上げられた。

当然……ヴィルの弟、セッチンもそのことを知った。

「ヴィル兄……ヴィル兄……！」

くそくそくそ！　とセッチンは新聞をビリビリに破く。

「なにが英雄だ、なにが聖剣を直した天才鍛冶師だ！　くそ！　くそ！　みんな口を開けばヴィル兄のことばっかり！　あんなやつのどこが凄いんだよ！」

セッチンは、これだけ差を見せつけられているというのに、嫉妬していた。

あれはもう異次元だ、自分には敵わない……。

とは、言わなかった。

彼は今、誰もいない工房に一人でいる。

「ぼくだって！　ぼくだってやればできる子なんだ！　なんで誰もわかってくれないんだ！　ヴィル兄ばっかり優遇して！　父さんも……爺さんも！」

……自分の才能のなさを棚上げして、全部自分以外のせいにする。

駄目人間の典型であった。

そのときだった。

「セッチン。一緒に出かけるわよ」

魔女のところから、シリカルが帰ってきた。

彼女は慌てているようだ。

「出かけるって、どこにだい？」

セッチンはシリカルから、三行半《みくだりはん》をつきつけられた。

何もしないでと。しかし彼女は、まだ自分はセッチンに惚れている、と思っている。

セッチンもまた、シリカルを愛している。

そんなときに。

「ヴィルのところよ。一緒に謝ってちょうだい」

……そんなことを言われる物だから、セッチンの頭は、怒りで真っ白になった。

「ふ、ふざけんな……！」

どんっ！　とセッチンはシリカルを突き飛ばす。

彼女は大きく尻餅をついた。

「ちょっと……セッチン⁉　なにするのよ！　お腹にあなたの赤ちゃんがいるのよ⁉」

ハッ、とセッチンは冷静になる。

まだお腹は膨らんでいないものの、確かに二人が作った愛の結晶が、シリカルのお腹の中にいるのだ。

「ご、ごめん……」

セッチンは一旦冷静になる。

シリカルはこれくらいでは、彼を嫌いにはならない。

なんだかんだで惚れている、愛してるのだ。

「それで……なんでヴィル兄のとこ行くんだよ」

「決まってるでしょ。ヴィルに戻って来てもらうの」

ヴィルに……戻って来てもらう。

どうして？　いや、聞かなくてもわかる。ハッサーン商会の現状は、経営に詳しくない自分でもわかっている。すでに、もう破産寸前まで追い込まれているのだ。そして悪評が祟って、だれもこの商会に協力してくれない状況だ。ヴィルに謝って戻って来てもらうのが、一番だと言うことは理解してる。でも……でも！

「駄目だ！」

と言ってしまった。兄が憎いから。兄に嫉妬しているから。

兄が帰ってくれれば、確かにこの工房も、商会も元通りになるかもしれない。

でも……そんなのを近くで見ていたら、嫉妬に狂って耐えられない。

それに自分の居場所がなくなってしまう。

……兄を馬鹿にしながらも、心のどこかで、セッチンは兄の腕を少しずつ認めているようだ。

しかたないだろう、新聞には彼の偉業が書かれている。

領地を救い、国を救い、聖剣を修復したのだ。

いやでも、兄が凄いんだということを、思い知らされてしまう。

でも、でもだ。

「何馬鹿なこと言ってるの？　ヴィルが帰ってくれれば全部元通りなんだから、謝って戻って来てもらうのは当然でしょ？」

「嫌だ！　ぼくは死んでも、ヴィル兄には謝らないぞ！」

兄に謝る気はゼロだった。

彼は自分から全てを奪ったのだから……！

「子供みたいなこと言わないで！　今の状況わかってるの⁉　うちは……ヴィルが居ないともう

おしまいなの！」

「ぼくがいるじゃないか！！　何が不満なんだ！」

シリカルは、激情のままに言ってしまう。

セッチンが……一番聞きたくない言葉を。

「だってあなた、職人の才能ないじゃない！」

それは、父にも言われた、呪いの言葉。ずっと幼い頃、父に言われた。才能が無いと。

……だがそれは、決して父のイジワルではなかった。

兄とセッチンは、違う生き物だ。

天才である兄のマネをしたら、いつまで経っても成長ができない。

だから、自分の才能のなさを認め、努力し続けろ。

そうしないと、いずれ破滅する。

それは父からの忠告だった。

でもセッチンにとっては、父から才能が無いと決めつけられたことで、呪いをかけられてしまったのだ。

兄に対する執念と憎悪。

「ヴィル兄ヴィル兄って……なんだ！　なんでみんなあいつがいいんだよ！　くそっ！　くそっ！」

シリカルはそんなセッチンの態度を見て……大きくため息をついた。

「……もういいわ。私ひとりでヴィルのとこ行って、謝ってくる。あなたはここに居て」

シリカルは直ぐに出て行こうとする。

セッチンはそれを、こう解釈した。

「ま、待ってよ！　シリカル！　ぼ、ぼくを捨てるのかい⁉」

大切な女までも、ヴィルに奪われる。

そう思って引き留めたのだ。

「ぼくがヴィル兄より腕で劣るから捨てるのかい⁉」

「ちょ……何馬鹿なこといって……」

「馬鹿っていうな！　馬鹿っていうなぁあああああああああ！」

彼の心は嫉妬で荒れ狂っている。

まともに人の話が聞けない状態だ。

シリカルは顔をしかめると、パンッ！　とセッチンの頬をぶつ。

「もう……家でおとなしくしてて。お願いだから……」

「そんな……ぼ、ぼくは用済みなの……？」

「違うから」

嘘だ……。セッチンは、シリカルが嘘をついてると思った。

絶対にヴィルに復縁を迫るつもりだ。

……と、勝手に妄想する。

あくまで自分は、謝って、彼に職人として戻ってきてもらうだけのつもりだ。

けれどセッチンは、シリカルが自分を見限って、兄に復縁を迫ると思っていた。

ぼくは用済みなんだ。

「とにかく、あなたはここにいて。いい、絶対に余計なことしないで？　これ以上……事態を悪くしないで？　お願いだから……良い子にしてて？　ね？」

それだけ言って、シリカルは出て行った。

引き留めることができなかった。

「ああ。ちくしょう……ちくしょう……ちくしょぉお！」

だんだんだん！　とセッチンは地面を叩く。

「またヴィル兄だ！　あいつが、くそ、くそ、くそ！」

だんっ……！　と地面を強く叩くと、棚に置いてあった……スタンプが落ちる。

「これは……あの男からもらった……偽装のスタンプ」

以前見知らぬ男からもらった、押せば武器を偽装できるスタンプだ。

「ふ、ふふ……そ、そうだ……これがあるじゃん。ふふふ、これがあれば……シリカルをヴィル兄から、取り戻せるじゃないか……ふ、ふふふふ！」

……以前シリカルから、これはもう二度と使わないでときつく言われていた。

というか、これのせいで彼女は多額の賠償金を払う羽目になっている。

それでも、セッチンはスタンプを手に取った。だってもう、彼にはこれしかないから。

ヴィルのような職人の腕は無い、自分には。

「シリカルぅ……ぼくが、ぼくが君のために、商会を立て直してあげるからねぇ……ひひ！」

……そんな彼の体から、黒い靄が発生していた。

それをヴィルが見たら、見覚えがあると一発でわかっただろう。

魔神ロウリィ、そして獅子神から立ち上っていた、黒い靄そっくりだったから。

第八話　伝説の鍛冶師は、元婚約者を救う

　さて、ヴィル・クラフトの元婚約者、シリカル・ハッサーンは、帝国にいるという、ヴィルのもとへ向かうことにした。

　彼女の目的は、ヴィルに戻って来てもらい、崩壊寸前の商会を立て直すこと。

「ふぅ……」

　彼女が乗っているのは、魔法列車《マジック・トレイン》という、近年帝国が作り出した、魔法で動く列車だ。

　今まで、遠方への移動手段と言えば馬車が主流だった。

　しかし、優れた技術力を誇る帝国の魔道具師が、魔法で動く乗り物を開発した。

　特にこの魔法列車《マジック・トレイン》は、まだ本数は少ないうえ、行き先も限られているものの、短時間で目的地に着けるということで、人気があった。

「ヴィル……」

　彼女が座っているのは、四人がけのボックス席だ。

　正面には小さな子供と母親らしき存在。

　そして、シリカルの隣には、妙な男が眠っている。

　大きな布で体を覆い、頭にも布を巻き付けていた。

「うぇーん！　うぇーん！　おかーさーん！　りかたん人形壊れちゃったよー！」

　正面に座っていた小さな女の子が急に泣きだした。

　手元を見ると、首の取れた人形を持っている。どうやら遊んでいるうちに、壊してしまったと思われる。

「おかーさーん！　なおしてよー！」

「困ったわ……お裁縫道具もないし」

「うえーーーん！」

母親と目が合う。

「すみません、お裁縫の道具とかって……」

「……ごめんなさい」

「ないですよね。はあ……困った……」

と、そのときだった。

「裁縫道具なんて、いらねえなぁ」

毛布をかぶっていた男が、右手を差し出す。

「！　その手は……」

シリカルは、男の手の甲に、目が行く。

太陽の紋章が描かれていた。

それが何か、シリカルは知ってる。誰よりも、知ってる。

「壊れちまったもんは、こうすりゃ直る……」

彼が女の子の壊れた人形に触れる。

すると、不思議なことが起きた。

壊れた人形があっという間に、元通りになったのだ。

男が何をしたようにも見えなかった。

ただ、触れた。それだけで元通りになったのだ。

「りかたんがなおったー！　すごい！　お兄さん魔法使い？」

すると毛布男は「くくく」と笑う。

「違う違う、おれはそんなもんじゃあねえよ」

「じゃあ、おもちゃ屋さん？」

「くっくっく、ま、似たようなもんかもなぁ」

少女の母親が、毛布男に頭を下げる。

「ありがとうございます、たすかりました」

「いやいや、気にしなさんな。おれはただ、不幸ってやつを、どうにもほっとけないタチでね」

なるほど、困っている人を放っておけない、いい人なのね。

……と、シリカルは勘違いした。

親子との会話が終わる。

その瞬間、シリカルは彼に話しかける。

「失礼ですが、あなた、高名な鍛冶師か何かでしょうか？」

するとターバンで顔が見えないものの、「へえ……」と男が感心したようにつぶやく。

「よくわかったねぇ、お嬢ちゃん、なんでわかったんだい？」

「その右手。手の甲の、太陽の紋章……。それは、黄金の手、ですよね？」

ヴィルと同じ手を持つ存在だ。

黄金の手。

シリカルは調べたのだ、ヴィルがいなくなった後に、ヴィルがいかにすごいかということを。

彼には特別な力があったのだ。

特に、彼の右手には、黄金の手と呼ばれる特殊な物作りの才能があったのだ。

ヴィルと同等の力を持つ、野良の職人。

そんな人がいるのなら、ぜひスカウトしたい。

ヴィルに断られたときの、いわば保険として。

「うちは商会をやっております。うちで働きませんか?」

すると彼はじっ、とシリカルを見て言う。

「ハッサーン商会……おやおや、ハッサーンって言えば、今とんでもない不幸に見舞われてるって耳にしたが……?」

「!?」

自分はハッサーン商会と、名乗らなかった。

言えば、断られるかもしれないと思ったからだ。

商会名を伏せて交渉してる時点で、経営者失格なのだが……まあそれはさておき。

問題なのは、どうして、この男はシリカルの商会を、ハッサーンだと言い当てられたのか。

「悪いねお嬢さん、おれは組織に所属するつもりはないのさ。旅の途中でね」

「旅……?」

「ああ。おれはあるものを作るために旅をしているのさ。ずっと、ずぅうっとね」

……どうやら彼も、ヴィル同様にクオリティを追求するタイプのようだ。

スカウトしても無駄だろう。

「しかしハッサーン商会か……さぞ、おまえさんは苦労してるのだろうねえ」

「……はい。もう、どうしようもないくらいに困ってまして……お腹には、子供もいるのに」

スカウトが無理とあきらめたので、世間話をするシリカル。

「子供がいるのかい。それはいい。子供はいいね、人間が作る作品の中じゃ、なかなか興味深い一品だ」

「は、はあ……作品……？」

彼は毛布の中から何かを取り出す。

お菓子の袋のようなものだ。

「おれはおまえさんの不幸がほっとけないぜ。組織に入ることはできないが、これをおまえさんにあげよう」

袋を受け取ってガサガサと振る。

封を開けて中を見ると、あめ玉が入っていた。

「あめ玉……？」

「食べると気持ちが楽になる、あめ玉さ」

不思議に思いながら、もらったものを突っ返すわけにもいかず、一口食べる。

……その瞬間、とても幸せな気分に包まれた。

今まで悩んでいたことから、解放される。

夢の中にいるかのような心地よさだ。

「気に入ってくれたようで何よりだよ。さて、おれは途中で下車させてもらうね」

シリカルはぬるま湯の中に使ってるかのような心地よさに包まれているからか、当然の疑問に気づけない。

さっきの女の子のお母さんが尋ねてくる。

「あの……途中下車っていいましても、これ終点の帝都まで止まりませんよ？」

すると男が優しい声音で言う。

「ああ、大丈夫。心配してくれてありがとう。じゃあね、お嬢ちゃん、人形を大切にね」

「うん！　バイバーイ！」

そんなやりとりも気にならないほどに、シリカルはぼうっとしている。
気持ちいい、この感覚にずっと包まれていたい。
まぶたが落ちる。何もかもがどうでもいい。
何も考えなくていい。
そのときだ。
「おいおいおい危ないぞ！」「なんか揺れてないか⁉」「きゃー！」
ききーっ！
がっしゃーーーーーーん！
……シリカルを乗せた魔法列車《マジック・トレイン》が、突然横転したのだ。
整備したばかりの列車だった。事故などそうそうあり得ない。
しかも、列車の車輪が不自然に全部外れていた。
こんな事故は、起こるわけがない。
その様子を、さっきの毛布をかぶった男が見つめている。
「いいねえ、最高だぁ……」
列車が横転したことでてんやわんやしている中、男は列車に近づく。
窓から中を見やる。
さっきの少女が、頭から血を流してピクリとも動いていない。
母親と、そして隣に座っていたシリカルも目を覚ましていない。
しかし……呼吸はしているので、まだ生きてはいるだろう。
「ふふ……気に入ってくれたかい？」
男が少女に手を伸ばす。

直してやった少女の人形からは、黒い靄が発生していた。

そう……これは呪いのアイテム、呪具。

この男は触れただけで、ただの人形を、呪いのアイテムに変えたのだ。

ヴィルと同じ黄金の手を持ちながら、触れただけで呪いのアイテムを作る……。

この男こそ……。

「このおれ、七福塵《しちふくじん》の作る、呪いのアイテムを」

《ヴィル Side》

俺は、付喪神《つくもがみ》とのバトルがあってからしばらく、帝都カーターにとどまっていた。

そこへ、魔法列車《マジック・トレイン》の横転事故の知らせが届いた。

「ロウリィちゃん、急いでくれ！」

『了解っす！』

ロウリィちゃんの背に乗って、俺とポロは現場へと急行する。

列車の横転事故、となれば、かなりの人たちに被害が及んでいるだろう。

列車の破損だけじゃない。乗客も無事ではすまないだろう。

そんなのダメだろ、ほっとけないだろ。

ということで、ロウリィちゃんに乗って現場へと到着した。

『こりゃひでぇ。完全に、列車が線路から飛び出して、ひっくり返っちゃってるっす……』

上空から、痛ましいものを見る目で、ロウリィちゃんが現場を見下ろす。

列車は一八〇度回転して、草原に広がっていた。

「ううう……」「いたいよぉお！」「おかーさーん！　めをさましてぇ！」

あちこちから上がる悲鳴。

聞いてるだけで顔をそむけたくなる。

列車が壊れたことで、中の人たちも甚大な被害を受けていた。

そりゃそうだ、すごい速さで走っていた列車がひっくり返ってしまったのだから。

「ヴィル様、いかがいたしましょう」

『ケガ人を運び出す感じっすね』

いや、待てよ。

そのとき一つの、インスピレーションが降ってわいてきた。

「ロウリィちゃん、列車の上で滞空できる？」

『できるっすけど……何するんすか？　急がないと死人がでちゃうっす』

「わかってる、すみやかに、終わらせる」

俺は神鎚《しんつい》ミョルニルを手に取って、眼下の事故現場を見やる。

その瞬間、魔法陣がいくつも浮かび上がった。

壊れた列車だけじゃない、列車に乗っていた人たちの故障個所も、わかる。

骨折や、折れた骨が内臓に突き刺さっている人だけでなく、たった今心肺停止した人もいる。

俺には、全体の被害状況が手に取るようにわかった。

この設計図は、壊れた物だけでなく、ケガした人の破損個所までわかるんだ。

「全修復！」

俺はハンマーを振り下ろす。

その瞬間、魔法陣が全て壊れて、そして新しいものへと作り替えられた。

『列車が元に戻っていくっす！』

「それに、大量の血も列車の中に戻って……まさか！　ヴィル様が全部の修復を⁉」

横転した列車が元のレーンに戻る。

それだけじゃない、割れた窓も、流れ出た血も、すべてが元に戻っていくのだ。

「すごい、すごいですヴィル様！　以前は一回につき一つしか直せなかったのに、今はまとめて全てを直してしまうなんて！」

『いつの間にこんな高等テク身につけたんすか⁉』

俺にもわからん。

だが、わかったのだ。こうすれば、みんな助かるって。

「多分……職人のレベルが、上がったんだと思う」

俺はいくつもの神器《じんぎ》を作ってきた。

そのため、経験値がかなり上がってきたのだろう。

その結果、黄金の手に宿る生産スキルのレベルも上がり、今まで出来なかったことが出来るようになった、ってところか。

『いやもう……なんでもありっすね！　ただ物を直すだけのスキルだったのに。今じゃもうハンマー一振りで悲劇をなしにするなんて、ほんとに神みたいっす』

「神、なぁ……」

正直俺もこれはやりすぎだろって思うところはある。

職人の領域を離れてきてるんじゃあないかって。

「でも……ま、みんな笑ってるならそれでいいや」

「さすがです、ヴィル様！　強い力を持つにふさわしい、高潔なる精神の持ち主です！」

その後、俺たちは地上にいったん降りて、ケガ人の確認をした。

乗客も、乗組員も全員無事だった。

ケガ人はゼロだとは思うが念のため、乗客には帝都病院で精密検査を受けてもらうことにした。

ロウリィちゃんに協力してもらい、乗客を搬送することになったんだけど……。

「ヴィ、ヴィル……？」

「え？」

乗客確認中に、見知った人物と再会することになる。

そこにいたのは、俺の元婚約者のシリカルだ。

「ヴィル！　ヴィルなのね！」

「え、あれ？　なんでお前ここに……？」

シリカルは俺のもとまで全力で走ってきて、そしてひざまづく。

「ごめんなさい、ヴィル！　本当にごめんなさい！」

「ちょ、ちょっと……何してんだよお前？　やめろよ？」

元婚約者のいきなりの土下座。

ま、まじでなんなの？

なんでここにいるのかわからないし、いきなり土下座の意味もわからん。

「私が間違ってました！　どうか、どうかお許しください！」

「いやお前……まじで急すぎて意味わからん。とにかく、落ち着けって」

俺がそう言っても、シリカルは土下座を辞めない。

困った……。

「と、とにかくシリカル、おまえも乗客だったんだ。検査を受けてこい。話はあとで聞くからさ」

「ごめんなさい、ごめんなさい、ごめんなさい……」

その後、ロウリィちゃんとともに、シリカルも帝都へと運ばれていった。

何だったんだまじで……。

残った俺は、ポロと一緒に、停車してる魔法列車《マジック・トレイン》を調べる。

「どうしたのですか、ヴィル様？」

「いやちょっと気になってよ」

俺はポロと一緒に列車のレーンを調べる。

しかし、レーンにはなんにも異常がなかった。また、車輪も調べたけれど、どこにも不具合が生じてるパーツは、ない。

「……じゃあ、なんで事故は起きたんだ？」

「誰かが攻撃したとかでしょうか？　魔法で」

ううん、でもなぁ。

「高速で移動する列車に、一発で魔法を当てるってのは難しいもんだぞ」

止まってる敵ならまだしもな。

しかも、周りの草原には一切、魔法による攻撃の痕跡が見られない。

一発で正確に当てるなんて、神業が可能だろうか。

どうにも、俺には出来ない気がしてならない。

「何か別の要因が……む！」

そのとき、俺の眼には妙なものが映った。

列車の窓から黒いモヤがあふれているのだ。

そこへ近づいて、外から車内を見やる。

「！　これは……」

四人掛けの座席の一画に、黒いモヤが滞留しているのが見えた。

「どうしたのですか、ヴィル様」

ひょっこり、とポロも車内を見る。

しかし不思議そうな顔は変わらない。どうしてだ、こんな異常なもんがあるのに……まさか。

「ポロ。おまえには黒いモヤが見えないのか？」

「？　何もありませんけど」

……つまりこれが見えているのは俺だけってことになる。

座席にとどまってるモヤは、窓の外へと続いている。

それは遠く、帝都へと向かって伸びていた。

……これが、何かはわからない。だが、嫌な予感がする。

「ポロ、すぐに帝都に戻るぞ」

★

転移結晶を作って、一瞬で帝都へ戻って来た。

黒いモヤは帝都の大通りの奥へと続いていた。

「この先には……たしか帝都病院があったな」

俺たちはモヤのあとをたどって走って行く。

「!?　これは……」

「ヴィル様、ど、どうかしたのですか？　何かあるのですか？」
やっぱりポロにはわかってないようだ。
病院全体から漂う、黒いモヤを。
病院を出入りする人たちも気付いてる様子がない。
やっぱり、これは俺にしか見えないのだろう。
「ポロ、いこう」
俺は黒いモヤの発生源へと向かう。
何かはわからないが、嫌な予感がしてならない。
黒いモヤは階段を上り、とある病室の前まで伸びていた。
ドアを開けると、むわりと大量のモヤが襲い掛かってきた。
「なんだ……これ。前が見えない……」
俺はモヤの中に飛び込んでいく。
ドアを開けたことで多少視界がましになった。
病室には、母親らしき人物と、そして女の子がいた。
女の子はベッドに座って怯えてる。
母親はベッドのそばにぐったりと倒れて、動かないでいた。
俺はその体をゆすり、心臓のあたりに耳を当てる。
……なんてことだ。心臓が動いてない……。
「ママは？　ママはどうしたの？　急に動かなくなったの……」
女の子が不安げに、俺に尋ねてくる。
俺はすぐさま神鎚《しんつい》を取り出して、母親へと近づく。

全修復を使えば、今なら間に合う……いや、待てよ。

「お嬢ちゃん、その人形どうしたんだい？」

女の子の胸には人形が握られていた。

髪の毛はぼさぼさで、凶悪な顔つきの人形。

顔全体に入れ墨が走っている。

そして、黒いモヤはその人形からあふれ出てていた。

……今、眼で直にそれを見て、はっきりと理解した。

女の子が持っているのは、呪いのアイテムだ。

しかも、獅子の神にかけられていたのと、同種の呪い。

あれは呪いをかけられた本人に害をなしていた。

今度の呪いは、自分以外に災いをもたらしてるようだ。

「りかたん人形……こわれて、なおしてもらったの……」

「……そうか」

おそらくその直した奴が、呪いをかけた元凶だろう。

単なる人形を、呪いのアイテムに変えやがったんだ。ちくしょう、なんてひでえことしやがる。

……これを破壊するのはたやすい。

しかし、女の子は母親がピンチだというのに、人形をつかんだまま放さない。

たぶんそれほどまでに、大切な人形なのだろう。

ならば、壊すのではなく、別の方向で考えるべきだ。

「ちょっとその人形、貸してくれないかな？」

ぎゅ、と女の子が人形を抱きしめ、かばうようなそぶりを見せる。

やっぱりそうだ。大事なもんなのだろう。

人が大切にしているものを壊す気は全くない。

……逆に、そんな大事なものを悪用した、くそ野郎もまた許せんが。

「安心してくれ。俺は人形のお医者さんなんだ」

「！　あなたもぉ」

「……ああ。だから、ちょっと貸してくれないか？　人形さん、今のままじゃ苦しそうなんだ」

やっぱり彼女から人形を借りて、呪いのアイテムにした誰かがいる。

そいつのかけた呪いを、俺は利用させてもらおう。

女の子は戸惑いながらも、俺の目を見て、うなずいた。

おずおずと人形を差し出してくる。

ありがとう。

俺はりかたん人形を受け取って、魔法陣を展開する。

……呪いのアイテムの設計図を見て、理解した。

思った通り、この人形は周囲に災いをもたらす呪いだ。

ならば、この呪いを反転させる。

「壊して、再構成！」

俺はハンマーをつかって魔法陣をぶっ壊す。

そして新たなる、神器《じんぎ》に作り替えた。

周りに災いをもたらすんじゃなくて、祝福をもたらすように。

するとモヤが晴れて、きらきらと温かな光を発するようになる。

「！　ヴィル様、その人形……髪の毛が光って……？」

「ああ。名付けて、すーぱーりかたん人形だ」

どうやらこの光は、ポロにも見えているらしい。

すると……倒れていた、母親がゆっくりと目を覚ました。

「うう、は！　わ、わたしは一体……」

「ママ！　ままぁ！」

女の子が人形を抱いたまま、母親に抱き着く。

母親は何のことかわからないでいるようだ。

「体に異常はないかい？」

「あ、は、はい……その、あなたが治してくれたのですか？」

「そうだよ！　このお兄ちゃんが、りかたんを直してくれたの！」

さっきまでの凶悪な見た目の人形から一転、すーぱーりかたんはまるで天使のように美しく、かわいらしい姿になっている。

「おにいちゃんも、お人形のお医者さんなんだって！」

「は、はぁ……？」

困惑している母親。

まあ、呪いとかうんぬんは、言わないでおいていいだろう。

それより、聞いておかないといけない。

「お母さん。この人形、誰かいじったりしてなかったかい？」

「は、はい。魔法列車《マジック・トレイン》の中で、人形の首が取れてしまい、直してもらいました」

やっぱり。

そいつが人形を呪いに変えたんだ。

……許せない。物にそんな余計なもんつけやがって、人を不幸にしやがって。

一発ぶっとばしてやんなきゃ、気が済まない！

「そいつの特徴は？」

「顔も体も布で隠してたので、わかりません」

「……そうかい」

「ごめんなさい、力になれなくて。あ、でも男の人でした。声がそんな感じで」

……結局、男ってこと以外に特徴はわからずじまい、か。

いやまあ、でも悪いやつってことだけはわかった。

「ありがとう、参考になったよ」

「いえ……お礼を言うのはこちらです。胸の苦しみが治ったの、あなたのおかげなのですよね？」

「いーや、俺じゃないよ。すーぱーりかたんのおかげさ」

この人形は災いを振りまく呪いの人形から、周りに幸福をもたらす人形に変わった。

「病気が治ったのは、こいつのおかげさ」

ぽんぽん、と人形の頭をなでる。

すると、人形がくるっと顔を向け、俺を見て言った。

「あら、あなたのおかげでしょう？　人形のお医者さん」

「「…………は？」」

俺も、母親も、そしてポロも、驚きのあまりにフリーズしてしまう。

一方で、女の子だけが、眼をキラキラさせる。

「りかたんが、しゃべったー！」

い、いやいやいや！　え、えええ⁉

しゃ、しゃべる人形だってえぇ⁉

「どうなってんの⁉」

「作ったあなたがそれを言うの？　おかしな人ね」

いやおかしいのはこの人形だろ……。

え、ええ？　しゃべる人形に、変えちまったってこと？

「さすがですヴィル様！　人形に命を吹き込むなんて！」

「ありがとう、人形のお医者さん！」

いやまあ、なんというか、なんだろうなこれ……。

俺は単に呪いを祝福に変えただけなんだが。

するとりかたん人形が、俺に深々と頭を下げた。

「感謝するわ。あのままじゃ、あたしは周りに不幸を振りまくだけの凶器になるところだった。それを救ってくれたのは、あなた。本当に、心から、感謝してます」

ま、まあ……何はともあれだ。

みんな助かって、良かったよかった。

《シリカル Side》

シリカルもまた、帝都病院に入院していた。

魔神ロウリィの背中に乗り、乗客たち全員がこの帝都病院に来ていたのである。

さて、そんなシリカルは、奇跡を目撃していた。

「す、すごいわ……ヴィル！　なんてすごいの！」

シリカルは、ヴィルたちがいる病室を、ドアからこっそりと覗いていた。

彼女は先ほど、受付ロビーにて、検査の結果を待っていたのだ。

そこへ、ヴィルが（獣人の少女とともに）勢いよく、病院にかけつけてきたのが見えた。

これは僥倖だ！　とシリカルはヴィルの後を追った。

そして、彼が起こした奇跡を、目の当たりにしたのである。

「死者の蘇生に、ただの人形に命を吹き込むなんて……神業だわ！」

そこへ……。

「すごい！」「奇跡だ！」「信じられない！」

シリカルは視線を、病室から廊下へと向かう。

立ち並ぶ病室から、次々と歓声が上がっているではないか。

シリカルはヴィルのいる病室をいったん離れて、近くの病室の様子をうかがう。

ベッドサイドに男の子が立ち、ぴょんぴょんと飛び跳ねている。

その隣で母親が泣いていた。

「ママ見て！　足が動くよ！」

「ああ、坊や！　動けるようになるなんて！　奇跡だわ！」

シリカルは、その他の病室も見て回る。

「治療不可能とされていた、難病が治っただと⁉」

「余命三か月と宣告されたのに、もう退院してもいいって言われたわ！」

「見える！　外の景色が見えるぞ！」

……このように、帝都病院に入院していた患者たちに、次々と幸運が降り注いでいたのだ。

「神でも降臨したのだろうか……？」

医者は困惑しながらつぶやく。

その様子を見て、シリカルはしたり顔でうなずいた。

（みんな、ヴィルのおかげだってことに気づいていない……！　本当にヴィルはすごいわ、こんなの本当に神の奇跡じゃないの！）

シリカルは廊下をヴィルのもとへ向かう。

（やっぱり私が見抜いていた通り、ヴィルはすさまじい職人だったんだわ！　この奇跡を見て、確信した！）

……まあ、じゃあ最初から婚約破棄や、浮気などするなって話ではある。

シリカルは、りかたん人形を持つ女の子の病室へと戻ってきた。

「ヴィル！」

「！　おまえ……シリカル」

中にはヴィルと、そして獣人の少女が立っている。

獣人はシリカルを見るなり、警戒するように、しっぽと耳を立てた。

「会いたかったわ、ヴィル！　あなたに、謝りたいことがあったの」

ヴィルは、いらだってるように見えた。

まるで、ほかにやるべき大切なことがあるってときに、邪魔されたような。

しかしシリカルは自分のことしか考えておらず、ヴィルにはヴィルの事情があることに気づいていなかった。

「あなたを追い出すような真似をして、本当にごめんなさい！　私が、全部悪かったわ！　ねえ……もう一度、私のもとに帰ってきて……」

「断る」

シリカルが最後まで言い終わる前に、ヴィルははっきり言った。

「悪いが俺は忙しいんだ」

「い、忙しい……まさか！　もうほかの商会からスカウトを受けているの⁉　だめよ！　どこの馬の骨かわからない商会よりも、ハッサーン商会のほうがいいに決まってるわ！」

莫大な利益をもたらす、まさしく、黄金の手の持ち主を、誰にも渡したくなかった。

「ねえヴィル？　私に怒ってるのね？　愛していたのに裏切られて、怒ってるんでしょう？　そうなんでしょう？」

「まあそれもある」

「ど、どういうこと？」

「おまえには関係ない」

彼の心が完全に、自分から離れている気がした。

「そ、そんな……私には関係ないって……冷たいじゃない。いちおう、婚約者だったのに……」

同情を誘うような言い方に、ついに、獣人がぶちぎれた。

「しつこいんですよ！　あなた！」

狼のようなしっぽが、ぶわ、と竹ぼうきのように膨らむ。

彼女から発せられた怒気に、シリカルは思わずしりもちをついてしまう。

「ヴィル様を裏切っておいて、今更帰ってこい？　ふざけるのもたいがいになさい！」

「な、なによ……あんたには関係ないでしょ？」

獣人から発せられるあまりの怒りに、恐怖してしまう。

「関係なくはありません。私はヴィル様に命を救ってもらった者。彼のおそばにいて、彼のことを、一番よく理解してるつもりです」

　つまりは、恋人的な存在だろうか。

「な、なによそれ。もうほかに女作ってたの⁉　ずるいわ！　裏切りよ！」

「何が裏切りですか。あなたからヴィル様を裏切ったんじゃないですか！　もう彼はあなたとは無関係。自分から手を切った、そうでしょ？」

　その通りすぎて、シリカルは何も言い返せない。

「とにかく、ヴィル様には崇高なる使命がございます。あなた様にかまう時間はないのです。帰ってください」

　獣人の言葉に、ヴィルがしっかりとうなずいた。

「悪いな、帰るつもりはない」

　ヴィルの言う使命とは、おのれの技術を高めるだけでなく、呪いのアイテムを配っていた犯人を捕まえるというもの。

　シリカルの商会を救うなんてことにかまけている時間はないのだ。

「そんな、お、おねがいよ！　ねえ、あなた、ハッサーンがなくなってもいいの⁉」

「関係ない。ハッサーンはおまえの商会だろう？」

「で、でも！　でもぉ！」

「それに、お前が言ったんだろ？　商会が大きくなったのは、自分の手柄だ。俺は関係ないって」

　そうだ、彼を振るときに、言った。

　商会が大きくなったのは自分の手柄で、ヴィルは無関係だと。商会とヴィルに、関係がないと、自分から……言ってしまったのだ。

つまりハッサーンの窮状を使って、同情を引き、連れ戻すことは不可能。

だって、関係ないのだから。

「あ、ああ、あああああ！　ごめんなさい！　ごめんなさいヴィル！」

シリカルはなりふり構わずに、頭を下げる。

その場に膝をついて、土下座しながら謝る。

「今までいろいろ酷いこと言ってすみませんでした！　商会が大きくなったのも！　私の名声も！　全部全部あなた様がいたからでした！　愚かなのは私でした！　私が悪かったです！　だから許して！　お願い！　ゆるしてぇ！」

土下座しながら何度も何度も謝る。

しかし……彼は言った。一言だけ。

「もう、遅いよ」

……シリカルは目の前が真っ暗になった。

★

ヴィル・クラフトの元婚約者、シリカル・ハッサーンは、目を覚ます。

「う……ここは……？」

「あ、気がつきましたか？」

様子を見に来ていた看護師が、シリカルに気づいて話しかけてきた。

「なにがあったの……？」

看護師曰く、自分はショックで気を失ってしまったそうだ。

「ヴィルは……？」

「お帰りになられました。これを、渡してほしいと言い残して」

看護師が渡してきたのは、革袋だった。中にはたくさんのお金と手紙が入っていた。

『病院の検査費とか帰りの電車賃、置いとく。お前のためじゃないぞ。お前のお腹の子供のためだ。親がクソだろうと、生まれてくる子供に罪はないからな。じゃあな。もう二度と顔見せるなよ』

……子供のために、お金を置いてってくれたのだ。なんて優しいひとだろう。

ヴィルへの感謝の念を抱くと同時に……胸の中に、大きな穴が空いたような気がした。

「ヴィル……う、うぅぅうううう！」

もしもやり直す気があるのなら、目が覚めるまで待っててくれただろう。

お金だけ置いて帰ったということは、完全にヴィルから見捨てられてしまったのだ。

実力もあり、人格者でもある……彼に。

窮状を打破することのできる、最後の頼みの綱が……今。

手から……こぼれ落ちてしまった……。

「ああ！　どうして！　どうして私は！　あんな……あんな愚かなことを……！」

シリカルは、ヴィルの努力を認めてあげなかったことを、後悔した。

彼に酷い扱いをしてしまったことを、嘆いた。

そして……店を追い出すようなマネをしたことを、強く強く悔いていた。

「もどりたい……むかしに……」

セッチンとの関係を、隠すことなんてしなければよかった。

優しいヴィルなら、弟の方を好きになったと、ちゃんと謝って説明すれば、許してくれたはずだ。

彼の努力を認めず、彼が誰のために頑張っているか理解せず、理不尽に追放してしまった……。

つまり。

全部……自分が、悪かった。

「ごめん……セッチン……ごめん……赤ちゃん……私……もう駄目だわ」

ヴィルとの関係修復に、失敗してしまった。

もうこれで、完全に希望は断たれた。

「店はもうおしまい。商会も……破産して……家族が露頭に迷うことに……う……うう……」

お腹をかかえた……そのときだった。

「う、うう？」

なんだか、妙に腹が痛かった。

どくんどくん！　と腹の奥で何かが脈打っている。

「な、なに……い、いぎゃぁああああああああああああああああ！」

そのとき、突如としてシリカルの腹が、ぼこぉお……と膨れ上がったのだ。

まるで風船でも膨らませたかのごとく、大きく大きく膨らんでいく。

「痛い痛い痛い恐い恐い恐い！　なにこれぇええええええええ⁉」

わからない。でも、腹が急に膨れ上がるなんて異常だ。

シリカルは、思い出す。

ここへ来る途中の列車の中で……謎の男から、あやしげなあめ玉をもらっていた。

「まさか……あのアメが、あ、あがぁああああああああああああ！」

その通り。あのあめ玉は、呪いのアイテムを製造する男、七福塵《しちふくじん》が作りしアイテムなのだ。

その呪いは、シリカルの体に変化をもたらした。

「お腹が痛い！　破裂する！　う、産まれるぅううううううう！　ああああああ！」

腹の上に、赤い魔法陣が展開する。

そこから、這い出てきたのは……。

二メートルはあろう、巨大な赤ん坊だった。

べちゃっ、と粘液まみれのそれが、床に落ちると同時に、腹の痛みも膨らみもとまった。

「え……？　え……。え……？」

何が起きてるのかさっぱりわからない。

シリカルから産まれた赤ん坊は……明らかに異常だ。

肌が黒い。ぬらぬらとしていて、まるでカエルのようだ。

「ま……まあ……」

シリカルは理解した。

この、デカく、不気味な存在が……。

自分の産んだ、子供なのだと。

「いや……」

あり得ない。まだ出産する時期じゃ無い。

そもそもこんな……。人間じゃ無い。

「ば、ばけものぉおおおおおおおおおおおおおおおお！」

泣きっ面に蜂とはこのことか。

心がボロボロになっているところに、この仕打ち。

愛の結晶たる赤ん坊が、見るもおぞましい姿で現れたことに……。

シリカルは耐えられなくなり、恐怖の悲鳴を上げるしか無かったのだった。

どう見てもモンスターなのだ。

たとえ我が子だったとしても、この見た目を、すぐに受け入れることは不可能だった。

「ま、まぁ……」

一方で赤子は、母に拒絶されたことが悲しくて……。

「ままぁあああああああああああああああああああああああ！」

通常ではあり得ないほどの、大声を出す。

子供が発した泣き声は、周囲にあるもの全てを内側から破壊した。

病室のものはバキンバキンと音を立てて壊れ、窓ガラスは破砕音とともに砕け散る。

「やめて！　おねがい！　やめて！」

「まぁああああああああまぁああああああああああああああああああ！！！！」

病室、はては病院全体が、子供の放った鳴き声によってひび割れていく。

泣く、という行動がすでに、魔法となっていた。

そう、この子は魔法の天才なのだ。

呪文を詠唱することなく、ただ泣くだけで、高等とされる音の魔法を使用して見せたのだから。

しかし、そうはいってもまだ赤ん坊。

母に拒まれた悲しみを、己の理性でセーブできない。

「まぁあああああああああまぁあああああああああああああああ！」

怖い……シリカルは純粋にそう思った。

怖い。こんな化け物みたいな見た目で、こんな、強大な魔法を使ってみせる我が子を……愛する自信が無かった。

「冒険者はまだか!?」「今呼びに行っている！」「はやくあの化け物を殺してくれぇ！」

いつの間にかギャラリーが集まっていた。でもそんなのどうでもいい。

……殺すと彼らが言った。誰を？　化け物？

そのとき、ヴィルの手紙に書かれてた言葉が、脳裏によぎった。

『親がクソだろうと、生まれてくる子供に罪はないからな』

……そうだ。ヴィルの、言う通りだ。

「この子に……罪は……ない……。この子は……この子は……」

シリカルはふらつきながら、我が子に近づく。

気持ち悪いと思っていた、カエルのような体を……優しく抱きしめた。

「ごめんね、怖がらせて……」

「ま……ま……」

音魔法が解除される。

母に抱きしめられたことで、気分が静まったのだろう。

「ごめんね……化け物だなんていって……ごめんね……産んだのは、私なのに……こんな姿で産んでしまって……ごめんねぇ……」

どんな姿をしていようが、この子は自分が産んだ子供なのだ。

気持ち悪いとか、思うべきじゃなかった。

「まま……」

赤ん坊の暴走が完全に止まる。

シリカル自身も……この子を自分の子だと認識できた。

「ありがとう、ヴィル……」

ヴィルの言葉がなかったら、多分無理だったろう。

彼にまた、救われた……。と、そのときだ。

「こっちです！　ここにカエルのモンスターが！」

がちゃがちゃ、と足音を立てながら冒険者たちが入ってくる。

シリカルの子供を見て、ぎょっ、と目を剥いた。

「総員！　攻撃！」

「や、やめて！　やめてよぉ！」

冒険者達は問答無用で攻撃してきた。

魔法を放ってくる。

シリカルは子供をかばおうとして……。

「きゃぁあああああああああ！」

冒険者の放った火の魔法を体に受けて、その場に倒れる。

肌が焼けて、強烈な痛みを感じる……。

「あああああああああああああ！」

「ま、まぁああああああああああああああ！！！！」

再び子供が暴走してしまった。

母を攻撃されたことで、今度はその強い魔法の力を、人間に向ける。

憎悪の感情とともに。

「まああああああああまぁあああああああああああ！」

先ほどよりも強力な音魔法。

爆撃でも起きたのか、と錯覚するレベルの衝撃が走る。

崩れ落ちる病院。もうだめだと思われた……そのとき。

カツーン……！

病室が、一瞬で元通りになった。

それだけじゃない、全身火だるまになっていたシリカルも……。

そして、カエルのように醜い姿だった、シリカルの子供も……。

すべて、一瞬で、元通りになったのだ。

「な、何が起きた……？」

「全部が元通りだと……！」

「ばかな……誰が、いったい……？」

驚く冒険者たちを、ぺんっ、と手で叩く人物が一人。

「おまえら、子供に何やってんだよ」

倒れ伏すシリカルが見たのは、病室の入り口に立つ、ヴィル・クラフトだった。

その手にはハンマーが握られている。

多分、彼が全てを元通りにしたのだ。

「きゃっきゃ、ままぁ……♡」

「！　あ、赤ん坊が……！　人間の姿に⁉」

慌ててベッドの上へ移動する。

二メートルのカエルだった子供が、通常の、赤ん坊の姿になっているのだ。

瞳だけ、人間の瞳孔とは異なるものの、肌の色も、体のサイズも、全て人間のようだ。

彼はため息をついて、さっさと病室を出て行こうとする。

「ま、待って！　待ってヴィル待って！」

赤ん坊を抱いたまま、シリカルはヴィルの後を追いかける。

「ありがとう……！」

最初に口を突いたのは、そんな感謝の言葉だった。

「子供を……守ってくれてありがとう！　全部、直してくれて……ありがとう！」

もう昔のように、戻って来てほしいとか、そんなことは思っていなかった。

今のシリカルはただ、ヴィルに、深く感謝していた。

ヴィルはぼりぼり、と頭をかいた後に言う。

「別におまえのためじゃねーよ」

彼はシリカルを許したのではない。哀れな命を、救いたかったのだ。

呪いを祝福に変えて、その子供が、生きていけるように……。

シリカルは子供を抱えたまま、深く深く頭を下げる。

彼がいなくなって見えなくなっても、まだ頭を下げていた。

「本当に……ありがとう、ヴィル。ごめんなさい……私が、愚かな女で……ごめんなさい……」

赦してもらおうとは、もう思わない。

彼女はヴィルに、もう返しきれないほどのものをもらったから。

これ以上彼に何かしてもらうわけにはいかなかった。

赤ん坊が不思議そうに見上げてくる。

責任を持って……私が育てる。

「帰りましょう、おうちに。パパが……セッチンが待ってるわ」

もうヴィルに頼るのはやめよう。

ハッサーンが潰れても、死ぬわけじゃない。

商会がなくなっても、まだ自分には愛する子供と夫がいる。
やりなおすんだ、人生を。
そしてこの子を……しっかり育てていくんだと……そう、思うのだった。

第九話　伝説の鍛冶師は、弟と対決する

さて、元婚約者シリカル・ハッサーンが、改心したその頃……。
ヴィル・クラフトの弟……セッチンはというと。
王都のマーケットにて。
たくさんの露店が立ち並ぶ中、セッチンは一人、リュックを背負って参上。
「いひ！　いひひひぃ！　いるいる、客がいっぱいいるぅう！」
セッチンは血走った目で、マーケットに訪れている、王都の人たちを見渡す。
彼らは食料品や武器などをもとめている。
「ぼくの作った武器にぃ！　驚愕しろよおまえらぁ！　うひゃ！　ひゃひゃひゃ！」
通行人たちはセッチンの姿に気味悪さを覚えて、彼を避けていく。
彼の見た目は……以前とは激変していた。
かつては優男然とした、整った見た目をしていた。
しかし今は、浮浪者と思われても致し方ないくらい、ボロボロである。
無精ひげに、血走った目。
大きなリュックを背負い、そして……。
そして、右手。
彼の右手には、あのスタンプが握られている。
スタンプを押すだけで、見た目だけを変化させる、呪いのアイテムだ。
……そう、この呪いのアイテムをセッチンに渡したのも、七福塵《しちふくじん》だ。

……よく見ると、スタンプがセッチンの右手に、根を張っているのがわかった。

握っているのではない、くっついているのだ。

だがセッチン自身は、そのことに気づいていない。

その強いつながりは、転じて、この偽装のスタンプへの強い執着心とも言えた。

武器作りの修業をするよりも、スタンプ一つで、伝説の武器（の見た目だけ）を作れる、この呪いのアイテムしか……。

セッチンには、ほかによりどころがなかったのだ。

「さぁて！　売りますかぁ！　いひひ！　みんなびっくりするぞぉ！」

セッチンは勝手に敷物を敷いて、そこに作った武器を並べ始める。

「さぁ！　よってらっしゃいみてらっしゃい！　ハッサーン商会、出張店舗だよぉ！」

ハッサーン商会。

シリカルの商会の名前を勝手に使って、彼は商売を始めたのだ。

売り物はもちろん……。

「エクスキャリバーに、イージス、ゲイ・ボウ！　伝説の武器がなんとすべて一〇〇〇ゴールド！　安いよ安いよぉ！」

その言葉を聞いた通行人達が、みな足を止める。

ぞろぞろと、セッチンのもとへ集まってきた。

（いひひひ！　馬鹿な客どもが集まってきたぞぉ！　待っててシリカルぅう！　僕が、たくさん偽物をこいつらに売りつけて、金儲けしてあげるからねぇ！）

……追い詰められたセッチンは、改心するどころか、むしろ精神状態を悪化させていた。

どんなに屑商品でも、売れればいい。

たとえ偽物だったとしても、売れればいい。

……ヴィルとは真逆の方向に、突き抜けてしまっていた。

「本当に一〇〇〇ゴールド……？　エクスキャリバーが？」

集まってきた客の一人が、いぶかしげな目を向けながら、聞いてくる。

（きたきた！　馬鹿な客が！）

「ええ、そうですよぉ。一〇〇〇ゴールド！　お安いでしょ？　伝説の剣がこの値段なんて、ありえないでしょー！」

くくく、とセッチンは笑う。

（さぁ買え、どんどん買え！　いひひぃ！　一〇〇〇ゴールドでも元は、ただの石ころ！　それを見た目だけ変えたんだ、一〇〇〇ゴールド丸々もうけられるぜぇ！）

セッチンはギラついた目を、客に向ける。

「ちょっと試し斬りさせてもらってもいいか？」

「ええ、どうぞどうぞ」

冒険者らしいその客は、エクスキャリバーを手にとって構える。

仲間の一人が、魔法で氷の柱を作る。

「せりゃ！」

がきん！　という音とともに、氷の柱が真っ二つになる。

「どぉですかぁ……？」

しかし……客は首をふるった。

「だめだこりゃ、偽物だ」

「な!?　な、何を証拠に!?」

客が剣を他の客に見えるようにかかげる。

「見てくれ、この刃、刃こぼれしてるだろう？」

たしかに刃が欠けている。

「伝説のエクスキャリバーが、こんな魔法で作った氷柱を斬ったぐらいで、刃こぼれするわけがない。これは偽物だ、外側だけよく似てるだけの！」

客達が憤慨し、セッチンに怒りのまなざしを向けてきた。

「偽物売りつけようとしてたのか！」

「ふざけんなこの詐欺師！」

「なんて野郎だ！」

「おい、騎士呼んでこい！」

客からの大ブーイングが起きる。

セッチンは戸惑っていた。

「え、な、何言ってんだよ……！　エクスキャリバーだって武器なんだから、刃こぼれくらいするだろう⁉」

「……はぁ。あんた、さては伝説の武器を見たこと無いな？」

どきっ、とセッチンの心臓が跳ねる。

「伝説の武器はな、独特の凄味を持ってるんだ。手に取るだけで、その圧倒的な存在感がわかる。でもこいつは……ただの張りぼてだ」

「張りぼて……そんな……」

「見たところ鍛冶職人みたいだが、そんなことも知らないのか？」

……知るわけが無かった。彼は、本物を知らないのだ。

「本物を知らない、あんたは偽物なんだよ」

「おい、何の騒ぎだ！」

騎士が騒ぎを聞きつけて、セッチンたちのもとへやってくる。

「露店を出す許可は持っているのか？　どこの者だ？」

「そんな……偽物……この、ぼくが……偽物だって……」

話にならなかった。

騎士は周りの人たちから事情聴取する。

詐欺かもしれないが、しかしまだ証拠がない。

しかし一つ、セッチンは明確なルール違反を犯していた。

「ここで物を売るときは、許可が必要なんだ。無許可営業で、おまえを連行する！　来い！」

セッチンの手に、騎士が縄をくくりつける。

「い、いやだ！　離せ！　離せよぉ！　ぼ、ぼくは天下の、ハッサーン商会のお抱え職人なんだぞぉ！　すごいんだぞぉ！　すごい才能のある、職人なんだぞぉぉ！」

ここでも、ハッサーンの名前を出してしまう、セッチン。

個人でやっていることならまだしも、商会の名前を出してしまった。

商会の名前に、泥を塗ることになる。

「ハッサーンって、まじか」

「あそこ、やばい噂聞いてたけど、ここまでなんて」

「おれもうハッサーンで買い物しないわ」

「あたしも～……」

客からの信頼はがた落ち。これも、セッチンのせいだ。

彼は怯えた。愛する妻から……失望されてしまうことを。

「とにかく来い！」

「いやだぁ！　離せぇ！　ぼくを誰だと思ってるんだぁああああああ！」

……そんな哀れなセッチンに、先ほどエクスキャリバーを買おうとした客が、言う。

「物作りの才能ゼロで、客を舐め腐ってる……クリエイター気取りのパクリ野郎が…」

★

数日間、牢屋の中でわめき続けた。

ヴィル・クラフトの弟、セッチンは、詐欺の容疑と無許可営業の罪で、騎士団に逮捕された。

「セッチン……」

「！　シリカル……」

セッチンの妻、シリカル・ハッサーンが、疲れ切った様子で面会へとやって来たのだ。

牢屋越しに対面する二人。セッチンは焦った。

今回の件で、勝手にハッサーン商会の名前を使ってしまったのだから。

「あなた……なんて馬鹿なことをしたのっ！」

案の定、シリカルから叱られてしまう。

「どうして、これから再起を図ろうってときに……どうして……こんな……」

「ち、ちがうんだシリカル！　聞いてくれ！　ぼくの話を聞いてくれよぉ！」

セッチンは切々と訴える。

きっと彼女は誤解している。なんで勝手にこんなことをしたのだと。

違うのだ。ただ自分は、身勝手な金儲けがしたかったんじゃない。

「ぼくはただ……君のために、君に喜んでもらいたくて……だから……」

「その結果、大量の偽物を、無許可で売ろうとしたの？」

「そう！　そうだよ！　ねえ、君……お金好きだろ？　なあ？」

ドガッ……！

「………………え？」

セッチンは今自分が何をされたのか、理解していなかった。

だが徐々に、シリカルに殴られたのだという事実を、理解した。

どうして……そんな……怒ってるんだ？

「私は……お金儲けがしたくて、商会をやってたんじゃない！」

……意味がわからなかった。金儲けがしたくないのなら、なぜ商会なんてやっていたのだ。

そんな気持ちが顔に出てたのか、シリカルはセッチンの顔を見て……。

心底、軽蔑したような目を向けてきた。

……いやだ。そんな目をしないでくれ……！

「私は……商会を守りたかっただけよ。受け継いだ店を、大きくしたかっただけ……」

商会を大きくしたい？

それは、金儲けと……何が違うんだ？　わからない、全然理解できない……。

「そう……あなた、本当に……本当に、何も、わかってくれてなかったのね」

……シリカルの目には失望の色が浮かんでいるように見えた。

言いようのない焦りがこみ上げてくる。

「しばらくここで反省してて」

「そ、んな……そんな！　助けてくれよ！　助けてよぉお！」

がしゃっ、とセッチンが牢屋の格子を掴んで訴える。

「なあ、保釈金を払ってくれよぉ！　なあ！」

「……そんなお金、うちにはもう無いわよ」

「どうして⁉」

「ハッサーンは……もうおしまいだから」

おしまい……？　どういうことだ……？

一人理解できない様子のセッチン。

シリカルは、幼い子供に言い聞かせるように言う。

「……セッチン。商売において一番大事な物って知ってる？　信用よ」

そう、商売においてこれほどまでに大事な物はない。

なくしては、ならない物は、ない。

「あなたは……ハッサーンの名前で、偽物を売りつけようとした。悪い評判は、王都中に広まった。その結果……もう誰も、うちの商品を、買って……くれなくなったわ……」

シリカルが顔を上げる。その目には明確な敵意と、憎悪の感情が込められていた。

あの美しかったシリカルの顔が、まるで幽鬼のごとく恐ろしいものになっていた。

セッチンは思わず恐怖で声が出なくなる。

「……あんたの、」

しかし途中で、シリカルは言いとどまる。

あんたのせいだ、絶対そう言おうとしたはずだ。

だが途中になって言うのをやめたのだ。

……それはセッチンへの愛があるゆえに、だ。

なんだかんだ言ってシリカルは、まだ夫であるセッチンを愛してるのだ。

どれだけ彼が愚かだったとしても。

愛する子供の父であり、夫であるセッチンに。

決定的な一言を言うことが……できなかった。

……しかしセッチンは、馬鹿だったから、そんなシリカルの愛情に気づかなかった。

彼女がなんで、あんたのせいだって言ってこなかったのか？

こう、悪く解釈した。

「ぼ、ぼくを……ぼくを見捨てる気かい⁉　ぼ、ぼくが使えないから、クビにするつもりなのかよぉ⁉　なぁ！」

セッチンはシリカルの心の中なんて、まったく見えていなかった。

彼女から、使えないやつって思われて、切り捨てられてしまうのだと。

「お願いだよシリカル！　ぼくを、ぼくを見捨てないで！　ぼくはただ君の、君のために」

「もう……そこにいて。あなたは、もう……本当に、何もしないで。お願いだから……」

彼女は苦しそうにそれだけ言って、そのまま出て行った。

「いやだ……いやだぁあああああああああああああああ！」

もう……多くの人から拒絶された。

父、兄、王都の人たち、取引先の人たち……。

彼らは皆、セッチンから離れていく。そして、愛する妻さえも……。

「どうして……どうしてだよぉおおお～…………」

情けなく涙を流しながら、セッチンはうずくまる。

「……ぼくに才能がないから、こんな目にあってるのか……。才能……才能さえあれば、ぼくだって……」

そのとき、彼の持っているアイテムから、より一層、黒い靄が発生する。

「う、ぐ、があぁああああああああああああああああああ！」

黒い靄はセッチンを包み込んでいく。

『ぼく……ぼくは……ぼくはぁああああああああああああああああ！』

体が膨張し、異形の物へと変化していく。

体中から、腕が生えたのだ。

その手は老若男女問わず、様々な形をしている。急に、気分が高揚してきた。

『あはは！　そうだ！　ぼくに才能がないなら他人の才能を奪って、自分の物にするぅう！』

牢屋の外から悲鳴が聞こえる。

自分を見て化け物と呼んでいるけど……セッチンの耳は届かない。

『うぉおおおおおおおおお！　ぼ、ぼくは奪う！　才能ある奴らから！　才能をぉおおおおおおお！　才能があればきっと全部うまくいくんだぁああああああ！』

セッチンは体中の腕を操り、一本のぶっとい腕へと変えた。

複数のヒモで編んで、細工を作るように。

巨腕を振るって牢屋を破壊し、外へと飛び出ていった。

★

王都の人たちの悲鳴が飛び交っていた。

無理もない、今のセッチンは、身長三メートルの巨体に、全身から腕が触手のように生えている。

毛玉の化け物のような見た目をしているのだ。

『おらあああ！　壊れろぉおおお！』

腕がうぞうぞと移動し、複数の腕がからみあって、一本の巨大な腕へと変わる。

ぶん！　とセッチンが腕を振るうと、大きな破砕音とともに王都の頑丈な建物が壊されていく。

『ははは ぁ！　すげえや！　まるで紙細工みたいに、建物をぶっ壊せる！　あひゃははは！　壊れろ壊れろぉおお！』

セッチンは巨大な腕を鞭のように動かしながら、建物を破壊して見せた。

みな、恐怖していた。あるものは逃げ、あるものはケガをして動けないでいる。

『これは報いだぁ！　ぼくを拒んだのがいけないんだぞぉ！　ぎゃはははは！』

セッチンは移動しながら、周囲の建物を破壊する。

「いたぞ！」「こいつが例の化け物だな！」

『ああん？　冒険者かぁ？』

武装した冒険者がセッチンの足元に集まる。その数は一〇人。

前のセッチンなら、冒険者の剣を見てびびっていただろう。

「おら！　裂破斬！」

冒険者の一人が剣スキルを発動させて、斬りかかろうとする。

だが……どう見ても、通常の縦斬りでしかなかった。

刃がセッチンの腕とぶつかり、乾いた音を立てて砕け散る。

「ば、馬鹿な⁉　鉄の剣が、あんなあっさり砕けるんなんて！」

仲間が怯えながら叫ぶ一方で、技を放った剣士もまた、眼をむいて震えている。

「スキルが、出ない！　剣士のスキルが！　どうなってんだ⁉」

そのほかの冒険者たちも同様に、自らが所有するスキルで攻撃を試みた。

だが誰一人としてスキルが発動できないでいる。

『うぎゃははは！　ばーか！　おまえらの手はなぁ、ぼくがいただいたんだよぉ！』

セッチンの言葉の意味を、だれも理解できないでいた。

ただ、冒険者たちは、自分たちではこの化け物にはかなわないと、痛感させられた。

と、そのときである。

「おさがりくださいませ！」

上空から女が降りてきた。

その女が持っているのは、とげの付いた鞭である。

鞭が蛇のように素早く動き、セッチンの腕に巻き付いて、切断された。

見事な鞭さばきにより、腕が切られて、セッチンは不愉快そうに顔をゆがめる。

一方で、冒険者や町の人たちの表情は明るくなった。

「みろ！　Sランク冒険者のエリアルさんだ！」

「あのSランク冒険者ギルド、『天与の原石《さいのう》』の、エリアルさんが来てくれたんだ！」

どうやら今降りてきた女は、相当強い冒険者らしい。

トップギルドに所属する、Sランク……つまり最高位の冒険者なのだ。

全身にボンテージ服をまとい、鞭を持った怪しい痴女……もとい、女冒険者である。

「街を守るのはわたくしの使命！　かかってきなさい化け物！」

『は！　やってみろ三下がぁ！』

無数の手を伸ばし、Sランク冒険者エリアルをつかもうとする。

だが彼女は蝶のように優雅に身をひるがえし、鞭をふるって腕を切断して見せた。

『馬鹿な！　スキルは使えないはず！　素の身体能力で戦ってるとでもいうのか⁉』

「はぁあああああああああああああ！」

裂帛《れっぱく》の気合とともに、エリアルが空中で鞭を振る。

鋭くしなる鞭が、セッチンの腕をバシバシバシとはじいて、ちぎっていく。

「おお！　いける！」「いけるぞ！」「さすがトップギルドのSランク冒険者！」

セッチンは焦っていた。

このままやられてたまるものかと。

自分を否定した、王都のやつらを全員ぶっ潰す。

そして、才能をひけらかすやつらに、復讐してやるんだ！

エリアルは腕を弾いて、弾いて、弾きまくる。

その結果、腕の鎧の隙間から、セッチンの顔がのぞいた。

「もらいましたわ！」

エリアルは空中で身をひるがえして、セッチンの顔面目掛けて、鞭を振るった。

先ほどよりも早く鋭く鞭が……。

届く前に、空中で勢いを失い、地面に堕ちたのだ。

「⁉　いったい何が……！　⁉　う、腕が⁉」

そう、Sランク冒険者エリアルの利き腕が、消えていたのである。

「ひゃははは！　その腕、食わせてもらったぜぇえ！」

セッチンは周囲にいる人間のスキルを、奪う力がある。

しかしそれだけでなく、直接触れた相手の腕を、物理的に奪う力まで備わっているようだ。

エリアルは右肩から先、つまり右腕が完全に消滅していた。

セッチンの体の一部から、エリアルの腕が生えて、その腕自体が鞭をひろう。

異常を察して撤退しようとするエリアル。

強者が、恐れをなして逃げていく。

その姿に快感を覚えながら、セッチンは鞭を振るった。

「きゃあああぁ！」

「「エリアルさん！！！」」

エリアルが放った鞭の一撃を、完全にトレースしていた。

彼女は自らの鞭の一撃を、自分で受けてしまったのである。

強烈な一撃を受けたエリアルはその場に崩れ落ちる。

嗜虐《しぎゃく》的な笑みを浮かべたセッチンは、何度もエリアルに鞭を振るった。

「あ！　う！　あああああ！」

『ぎゃははは！　どーだぁ！　所詮才能がなきゃ、Sランクもこの程度よぉ！』

何度も何度も鞭を打たれ、エリアルの全身が血だらけになる。

『やはり世の中才能！　才能を持ってるかどうかで人生が決まるんだぁ！　そうじゃないっていうんだったら、無才の状態でぼくを倒してみろってんだよ！　ぎゃーーーーはっはっはぁ！』

セッチンは大変気分がよかった。

バカにしてきたやつらを、虫のように蹴散らすことができているからだ。

『ぎゃははあ！　気分爽快！　雑魚《ザコ》を蹂躙《じゅうりん》するのってたぁあああのしぃいいいいいいいい！』

がしっ、と誰かがセッチンの腕の一本をつかんだ。

『ああん……？』

せっかく気分よく破壊していたところを、邪魔されて、とても不愉快に思うセッチン。

腕をつかんでいたのは、動けなくなっているはずの、Sランク冒険者エリアルだ。

「おやめ……なさい……」

ボロボロになり、それでも町を守ろうとする姿は、まさしく最高位冒険者と言えた。

しかしそんなことは、セッチンには関係ない。

『ぼくに命令するなぁ……！　死ねぇえええい！』

ぐしゃぁ……！

肉がつぶれる音が確かにした……しかし。

『うぎゃぁああああああああああああああ！』

つぶれたのは、セッチンの腕のほうだった。

エリアルの前に、見知った顔が立っている。

「あなたは……？」

憎き相手、自分の兄……ヴィル・クラフトが王都に到着したのだった。

《ヴィル Side》

俺、ヴィル・クラフトは、もともと俺が住んでいた王都へと、転移結晶を使って戻ってきた。

ロウリィちゃんから、邪悪なる気配を感じ取ったという通信が入ったので、急行した次第。

『ヴィル兄ぃいいいいいいいいいいいい！』

壊れた町のなかで、俺の名前を呼ぶ異形なる存在。

それが、セッチンであると、俺は理解できた。

見た目は、体中から腕が生えているという、化け物然とした見た目であっても、わかるのだ。

血がつながっている兄弟だからだろうか。とにかく、わかるのだ。

……この、王都の惨状を引き起こしたのが、実の弟だってことが。

「うぇええええん！」

「いたいよぉおお！」

「誰か助けて！　息子達ががれきの下敷きになってるの！」

王都の美しい街並みが崩壊している。

建物は崩れ、ケガ人が何人もいて、下手したら死者も出ているかもしれない。

「おまえがやったんだな……セッチン！」

知らず、声に怒りがにじんでしまう。

人が作ったものを、他人が理不尽に破壊する。

それが……一番、俺には我慢できない行為だ。

「セッチン……」

俺の弟、セッチン・クラフト。

やつには、婚約者と店を奪われた過去がある。

シリカルを寝取り、俺に新しい店を造らせた後、全部を奪いやがった。

そんな相手が、なぜか化け物の姿となって暴走している。

あの姿、そして禍々しいオーラ。呪いのアイテムそのものだ。おそらく、セッチンも付喪神《つくもがみ》になってしまったのだろう。

……あいつはゴミ野郎だ、正直あいつに対して怒りを覚える。

しかしこのハンマーで、頭をかち割って、殺す……ことはしない。
ハンマーはもの作りの道具だ。人を殺す道具じゃない。
……それに。なんだかんだ言って、こいつは弟なのだ。
俺の尊敬する親父の、息子なのだ。
殺せないし、殺したくない。
「おまえを改心させ、ちゃんと謝罪させる。それが、兄としての、最後の役割だ」
これは兄としてのけじめみたいなもんだ。
『ははぁ！　やってみろ無能の雑魚がぁあああああああああああああ！』
セッチンが俺に向かって、大量の腕を伸ばしてくる。
俺は神鎚《しんつい》ミョルニルを左手で持った状態でよける。
『どうしたぁ⁉　御自慢の、黄金の手で攻撃しないかぁ⁉　ああん⁉』
俺はここに到着した瞬間、理解した。
奴の体に付与された呪いが、周囲にいる人間のスキルを、強奪していると。
今までたくさんの呪いのアイテムを直してきたからか、呪いへの理解が深まっていた。
呪いのアイテムを見たら、ある程度、どういう呪いをもたらすのかがわかる。
「■《ボックス》……やっぱりダメだな」
そりゃそうか、黄金の手が使えないんだ、付随されるアイテムである■《ボックス》も使えない。
黄金の手と、そして■《ボックス》にしまってある武器や神器《じんぎ》も使えない状態。
今、手元にある武器は、神鎚《しんつい》だけ。
『ひゃははぁ！　逃げろ逃げろぉ！』
大きな腕が頭上で握りこぶしを作り、俺めがけて振り下ろされる。

激しい音と衝撃波が走り、俺は吹き飛ばされる。

『ヴィル兄ぃいい……あんたはただじゃ殺さないぜぇ。あんたの力で、死ぬがいい』

「……俺の力？」

『ああ、■《ボックス》、全開ぃ！』

セッチンの周りに、複数の■《ボックス》が出現する。

俺の持つ黄金の手を、やつは奪った。

つまり、俺のスキルが使えるってことだ。

『死ねぇ！　無限贋作複製ぃ！』

魔力を消費し、神器《じんぎ》を無限に複製する、俺の持つスキルの一つだ。

……しかし。

『なんでだ！　なんで神器《じんぎ》が出てこないんだよぉ！』

思った通り、セッチンは神器《じんぎ》を生成できない。

その隙をついて、俺はミョルニルを手に近づく。

ミョルニルのサイズをかえて、セッチンの横っ面めがけて振る。

『ぷぎゃぁああああああああああ！』

ぐるんぐるんと回転しながらセッチンが吹き飛ぶ。

……手に伝わるしびれに、不快感を覚えた。

相手がどんだけくそ野郎だったとしても、家族を殴るのは、いい気分はしない。

だが、今は暴走を止めないといけない。割り切って、戦うんだ。

『なぜだぁ！　■《ボックス》からなぜ神器《じんぎ》が出て来ないんだよぉ！　黄金の手のスキルなんだろ！』

「スキルを持ってることと、それを使いこなせるかは、別問題だからだよ」

倒れ伏すセッチンを見下ろしながら俺は言った。

『どういう意味だ⁉』

「確かに、無限贋作複製のスキルを持ってりゃ、贋作を無限に作れる。けど複製するためには、作る物の構造・効果を完璧に理解していなきゃいけない」

スキルを発動させれば、誰でもお手軽に、神器《じんぎ》を複製できるわけじゃないのだ。

スキルはあくまで、発動のキー、道具の一つでしかないのだ。

同じ道具《ハンマー》を持っていても、使い方を知っていなければ、道具の効果を正しく発揮できない。

家を作る道具を持っていても、作る知識がなければ、家を作れないように。

『ちくしょう！　そんなの聞いてない！　あんたはただ才能《スキル》を持ってただけにすぎないやつじゃないのかよ！』

「才能もまた道具だ。正しく使わないと、意味がないし、使い方を学ばないと、正しく使えない」

俺はセッチンに言い放つ。

「他人の才能を奪ったところで、使うのがおまえじゃ、宝の持ち腐れだ」

セッチンの表情が怒りに染まる。

図星をつかれてキレてるのだろう。

『だまれ……！　万物破壊、発動ぉ！』

無数の手に、黒い稲妻が宿る。

今度も俺の持っていたスキルを使用するようだ。

万物破壊。あらゆるものを破壊してしまう、危険なスキルだ。

『ひゃはは！　これなら構造なんて理解してなくても問題ないだろぉ！』

「……果たしてそうかな」

『ほざけ！　死ねぇい！』

無数の腕が俺に向かって飛んでくる……が。

腕は明後日の方向へと飛んでいく。

『なんだ⁉　制御が利かない！　制御……できないぃぃい！』

腕があっちこっちへとすっ飛んでいく。

俺はハンマーを、空中へ向かって投げる。

回転するハンマーが、腕の側面をたたく。

ピンボールのように、ハンマーがカンカンカン！　とぶつかってははじかれる。

その結果、無数の腕が軌道を変えて、一つにまとめられて、その腕が王都の地面に突き刺さる。

被害を拡大せずにすんでよかった。

『どうなってんだよ⁉　なんで制御できない⁉』

「万物破壊のスキルは、扱いが難しいんだよ。破壊のエネルギーは膨大だ。なんも考えず出力全開にすりゃ、制御できずにああなる。出力をしぼって使わないといけないんだ」

無限贋作複製、万物破壊だけじゃない。

俺の黄金の手に宿っているスキルはみな、扱い方の難易度がとても高いのだ。

俺からスキルを奪っただけじゃ、使えないのだ。

「道具はよ、手に持つだけじゃ意味ない。正しい使い方を理解し、正しく使って……初めて、効果を発揮するんだ。才能《さいのう》も同じだ……セッチン」

腕を地面につっこんで、抜けなくなっているセッチンに、俺は言う。

「今のおまえはただ、道具を持ってるだけの、凡人にすぎない」

セッチンの顔が真っ赤になって、ぎりりぃ、と悔しそうに歯噛みする。

『ちくしょう！　いい気になるなよ！　道具がなくて、ぼくを倒せないくせに！』

まあ、確かにその問題は解決していない。

今持っている道具では、セッチンの暴走を止めるだけで精一杯だ。

壊れた王都、そしてセッチンを元に戻すためには……。

「「「お待たせしました！」」」

そのとき、上空から三人の少女たちが降りてくる。

その手には、闇、氷、雷の聖剣が……それぞれ握られている。

「ポロ、キャロライン、ライカ」

『自分もいるっすよぉ！』

上空には白竜の姿をした、ロウリィちゃん。

この三人を運んで来てくれたのか。

「おまえら、どうして？」

「決まっていますよ、ヴィル様。あなた様がピンチだからです」

ポロが胸を張って言う。

「我らはあなたの手で命を救ってもらいました。だから今度は！　我らが恩を返す番なのです！」

キャロラインとライカも同様の意見のようだ。

ありがたい……。

「頼む、力を貸してくれ、勇者《おまえ》たち」

「「「もちろんです！」」」

★

俺は、昔じーさんから言われたことを思い出していた。

『ヴィルよ、お主にはいつか、固有のスキルが宿る』

じーさんの工房にて、幼い俺は首をかしげながら言う。

『スキルならあるじゃん。五つも』

『確かにな。じゃが、それはどれも、かつての八宝斎《はっぽうさい》たちのスキルなのだよ』

付与。

超錬成。

全修復。

万物破壊。

無限贋作複製。

どれも、俺以外の八宝斎《はっぽうさい》が持っていた、生産スキルだ（超錬成がじーさんのスキル）。

『黄金の手には本来、固有の生産スキルが各々一つ、宿っている。お主の場合は、最初から五つ宿っていたが、それらはほかの八宝斎《はっぽうさい》たちの持っていたスキルだ。お主だけしか使えない、固有スキルではない』

言われてみると、確かにそうだった。

俺だけのスキルは、ない。

『才能がないってこと？』

『そうじゃない。お主のスキルは、おそらく前代未聞の超スキルなのだ』

しかし、とじーさんは続ける。

『あまりに、凄すぎるスキルゆえ、使い手の技量が追い付いていないから、使えないだけ……というのがわしの見解じゃ』

『じゃあ、宿っていないいんじゃなくて、俺がまだ職人として未熟だから、使えないだけってことか？』

つまり、俺はほかに、俺固有の、すごいスキルを、持っているってことか。

『どんなスキルなのかな？』

『さぁのう。ただな』

にっ、と笑った後、じーさんは俺の右手を優しく包む。

『それがどんな才能《どうぐ》だろうと、正しく使うんじゃよ？　お主の父が掲げた理念を、大切にな』

★

「すまん、おまえら。時間を稼いでくれ！」

勇者たちがうなずく。

「……今こそ、ヴィル様に恩を返す好機！　行きますよ、アイス！」

氷の勇者キャロラインが、聖剣を手に走る。

足元に氷の道が出現して、彼女はそこを華麗に滑りながら接近する。

「はぁ！」

キャロラインが剣をふるうと、セッチンの体が一瞬で凍り付く。

「ナイスだキャロちゃん！　いくぞ、獣人嬢ちゃん！」

「はい、ライカ様！」

雷の聖剣、サンダーソーンを持つ、勇者ライカ。

闇の聖剣、夜空を持つ、勇者見習いの獣人ポロ。

二人が強力な武器を片手に、凍り付いた触手をばっさばっさと切っていく。

あの触手は再生持ちだった。

しかしキャロラインが凍らせてるおかげで、再生が出来ていない。

ばきばき、と触手を砕いていく勇者たち。

「よし、ロウリィちゃん！」

三人を王都まで運んできた、竜の魔神ロウリィちゃんが、俺のもとへ降りてくる。

「君のうろこを少し分けてくれ」

『もちろんいいっすよ！　けど……なにするんすか？』

俺は、じーさんのハンマーを手に言う。

「神器《じんぎ》を、作る。ゼロから」

『！　神器《じんぎ》……で、でも、どーするんすか？　今、ヴィルさんの生産スキルは、全部取られちゃってますよ？』

俺の右手、黄金の手に宿るスキルは、確かにセッチンに奪われて使えない。

「大丈夫だ。じーさんの、このハンマーには、じーさんの八宝斎《はっぽうさい》としての力が付与されてる」

『た、たしかおじーさんもまた、八宝斎《はっぽうさい》だったたんすよね』

「ああ。じーさんは超錬成が使えた。このハンマーにもその力が宿ってる」

そう、ハンマーにはいくつか機能がついてる。

じーさんの超錬成スキルは、搭載されてる機能の一つ。

ただ、普段は使わない。俺の右手にそもそも宿っているからな。

「錬成スキルがあれば、武器が作れる。このピンチを一発で打破できる、神器《じんぎ》が」

セッチンに奪われたスキルを取り戻す。壊れた町を直す。傷ついた人たちを治す。

そして、セッチンも元に戻す。

そのすべてを、黄金の手なしで実現するためには、もう神の奇跡が起きないと無理だ。

すなわち、奇跡を再現する武器……神器《じんぎ》を作る以外に、活路はない。

『……セッチンを殺せば、ヴィルさんの黄金の手は戻るのでは？　そうすれば、全部元通りじゃないんすか？』

「……かもしれん。だが、俺は家族を殺したくない」

それが困難な道だとしても。

俺は、人を活かす武器を作りたい。

「それに、今の俺なら、できる。確信があるんだ」

王都を追放されてから、いろんなことがあった。

たくさんの壊れたものを直してきた。

呪いのアイテムなんていう、絶対許せない存在にも出会った。

呪いを祝福に変えれば、神器《じんぎ》を作れることもわかった。

『黄金の手がないのに、大丈夫なんすか？』

「ああ。たとえ黄金の手がなくても、この右手には、たくさんのものを作ってきた経験が宿ってる」

ぎゅ、と俺は右手を握り締める。

王都にいたころと、今の俺は違う。

たくさんの人たちを、笑顔にしてきた。
この手には、その力があるんだ。
その瞬間、ゴォオオオオ！　と俺の右手が、黄金に輝き出したのだ。
『ヴィルさんの手が光ってるっす！』
『なにぃい!?　ば、ばかな！　スキルは、全部奪ってやったんだぞおぉお！』
セッチンと勇者たちが、互角の戦いを繰り広げている。
だがやや勇者のほうが劣勢だった。
武器が折れてしまい、それでも戦っている。
「すまん、おまえら。すぐに作る。この状況を打破する神器《じんぎ》……聖剣を！」
その瞬間、俺の頭の中に、一つのインスピレーションが浮かんだ。
いける、これなら！
『や、やめろおぉおおお！』
セッチンが腕を大量増殖させて、俺に向かって攻撃してきた。
だが勇者三人が、折れた聖剣で、それを防ぐ。
右手から発せられる光が、赤く輝く一つの炉を作り出す。
「これが、俺の力……俺の、新しいスキル！」
じーさんが言っていた、六つ目の力。
力が、覚醒したとたんに、使い方が頭に流れ込んでくる。
炉の中に、ロウリィちゃんのうろこを入れる。
材料は、それだけだ。
それだけで、事足りる。

通常なら無理だろうけど、この、俺のスキルがあれば！

やがて炉の中から、インゴットが生成される。

インゴットの上には無数の魔法陣が展開されている。

あとは、ハンマーを思い切り、打ち付けるだけだ。

「天に奏上する、神器《じんぎ》を創生せよ！　【天目一箇神《アメノマヒトツノカミ》】！」

祝詞《のりと》とともに、ハンマーを打ち付ける。

天目一箇神《アメノマヒトツノカミ》。それが、俺が覚醒した、六つ目のスキルの名前。

その効果は、神器《じんぎ》の創生。

俺が作ったものが、神器《じんぎ》となる！

インゴットはまばゆい光を発しながら、一つの形をとる。

それは、光を凝縮したような、美しい一振りの剣だ。

『な、なんてことや！　信じられへん⁉』

「どうしたの、アイス？」

氷の聖剣、アイス・バーグが驚愕の声を上げる。

『聖剣や！　ヴィルやんは、まだ誰も成し遂げてない、大聖剣をゼロから作り上げた！　あれは、八本目の、聖剣やーーーー！』

もともとこの世界には、勇者の使う大聖剣が六つしかなかった。

呪われた妖刀をベースに、作られたのが、七本目の闇の聖剣。

そしてこれは、俺がゼロから作った、俺オリジナルの、大聖剣。

「誕生おめでとう。おまえは、光の聖剣だ」

《セッチンSide》

ヴィル・クラフトの弟セッチンは、王都で異形となり、暴走した。

それを邪魔しに来たのは、兄とその仲間達。

仲間に時間を稼いでもらっている間に、兄は伝説の武器を作った。

『うそだうそだうそだ！　こんなのうそだ！　ヴィル兄にこんな凄いことできるわけがない！』

兄は静かに、空中に浮かぶ剣を手に取る。

聖なる剣は、光そのもののようにずっと輝きを放っていた。

彼は剣を軽く振る……その瞬間、彼の周囲にあるものが、すべて、【修復】した。

壊れた街も、がれきの下に押しつぶされていた怪我人達も。

彼が視界に入れて、剣を振ることで……。

傷ついたものが、すべて……元通りになったのだ。

『なんだってぇええええええええええええええええええええええええ!?』

兄の力を使えば、たしかに壊れた物は元通りになる。

しかしあり得ない。兄は今、スキルを奪われているはずだ。

「そうか……わかったぞ。この聖剣の力が」

『聖剣の力だとぉ!?』

「ああ。それは破壊の否定。あらゆる破壊行為を、無かったことにする」

兄の言っていることがわからない。

ヴィルは弟を無視して、倒れ伏す、Sランク冒険者のエリアルに近づく。

彼女の頭上で、聖剣を一振りする。

「！　う、腕が元通りに……」

そして、離れた場所で息絶えている、街の人のもとへいく。

同じように、剣を振る。

「かはっ！　はぁ……はぁ……わたしは……一体……？」

「お母さん！　おかあさああああああああああああああん！」

死体だった母親に、すがりついていた子供。

その子供は母親が生き返って、涙を流しながら喜ぶ。

「この剣を握って振るえば、誰かによって破壊された行為自体が、無かったことになる」

破壊された町は、元に戻り、殺された人は生き返る。

『治すなんて生やさしいもんじゃあらへん！　あったことをなかったことにする……事象の改変能力や！　凄すぎんで！』

氷の聖剣、アイス・バーグが驚愕する。

その言葉は、付喪神《つくもがみ》になっているせいからなのか、セッチンの耳にも届いた。

兄は……聖剣を作ったのだ。

神しか作れないはずの武器を、兄は驚くべき力を持って作って見せた。

『う、うう、うがぁああああああああああああああああああああああ！』

セッチンがさらに暴走する。体中から、無数の腕が伸びた。

今までの比じゃない数である。

頭上に吹き出た腕は、まるで大津波のようだった。

『まずいで！　ヴィルやん！　あんなの落ちてきたら！　王都はぺしゃんこや！』

ヴィルは冷静だった。

光の聖剣が、きぃいいいいいいん……と彼の思いに呼応するように、強く美しく輝く。

ヴィルは光の聖剣を構える。

頭上に光の柱が、立ち上った。

それは天から降りてきた光の梯子のようであった。

一歩、ヴィルは踏み込む。

「セッチン……終わりだ」

『終わるのはてめぇだぁあああ！』

大量の腕の津波が、ヴィルにむかって押し寄せる。

ヴィルは恐れることなく、光の大剣を振るった。

「陽光聖天衝《ようこうせいてんしょう》」

凄まじい光の奔流が王国全体を優しく包み込む。

破壊された王都、傷付いた王都の人たちだけでなく、この国全ての負傷者を……癒やす。

国まるごとが聖なる光に包まれた。

もちろん、そこにはセッチンも含まれている。

彼を覆っていた異形の腕が、まるで氷のように溶けていく。

強い光を浴びてもしかし、セッチンは不思議と痛みは感じなかった。

やがて光は、途絶える。

そこには、傷一つ無い王都の町並みが広がっていた。

『陽光聖天衝《ようこうせいてんしょう》やて……信じられへん……』

「……知ってるの、アイス？」

氷の勇者が尋ねる。

『ああ。あれは、かつて悪しき神から人間界を守った、超勇者ローレンスが使っていた奥義や』

「勇者様の技を再現したってこと？」

『せや。信じられへん。あの技は、あの超勇者にしか使えないはず。それを……あの剣は再現できるんや！』

「すごいです……！　さすが、ヴィル様！」

『ああ、たいしたもんや。国にあるもの全て、治してしまうほどの癒やしの力なんて……人間に使えるレベルやあらへんわ！』

べた褒めする氷の勇者と聖剣をよそに、ヴィルは光の聖剣を見やる。

「そうか。まだ眠いんだな。わかった……お疲れさん」

光の聖剣は、文字通り光る粒子となって、消える……。

「壊れたのですか？」

ポロが尋ねるが、ヴィルは首を振る。

「いいや。眠っただけだ。こいつはまだ赤ん坊で、長く起きてることができないらしい」

使用時間に限りがあるということのようだ。

あんな規格外の力を、無制限に使えるなんて、それこそ神レベルの武器と言える。

……まあ。神の武器を作った時点で、ヴィルはもう鍛冶の神なのだが……。

「っと、そうだ。セッチン」

ヴィルはセッチンの元へ行く。

異形化がとけて、暴走する前の姿に戻っていた。

「怪我、ないか？」

セッチンの胸には……圧倒的な敗北感を覚えた。

しかしどこか、清々しい表情をしていた。

「ヴィル兄……ごめん。ぼくが……間違ってたよ……」

あんだけ凄いことをしながら、敵《おとうと》にすら、情けをかける。

人格、能力、全てにおいて……。

「ヴィル兄のほうが、凄かったんだね」

やっと、セッチンは己が劣っていることを認め、そして、その場で彼は土下座した。

「ヴィル兄……ごめんなさい。あなたに酷いことをしたこと、あなたから全部を奪ってしまったこと、追放したこと……。本当に、すみませんでした！！！」

セッチンは己の過ちを認め、そして、土下座して謝罪したのだ。

ヴィルは息を一つつくと……。

ごんっ！　と弟の頭にげんこつを落とす。

「ぎゃっ！」

「これで勘弁してやるよ」

★

数日後。ヴィルの弟セッチンは、牢屋の中にいた。

とても静かな心持ちであった。

そこへ、シリカルがやってくる。

「セッチン……あなたって人は……」

「すまない……シリカル……ぼくが愚かだった」

セッチンは鉄格子の前で、シリカルに頭を下げた。

彼女はセッチンのいきなりの謝罪に、目を丸くしていた。

「すべて、ぼくが間違いだった。ぼくは……駄目な男だ。凡人だってことを認められず、周りに迷惑をかけた……大馬鹿野郎だ……」

「セッチン……」

彼は、兄によって目を覚まさせてもらった。

もう彼は自分が、特別な存在では無いことを受け入れていた。

「ごめんね、シリカル。ぼくは……罰を受ける。君とその子供にも、迷惑をかける。ごめん……」

シリカルがぎゅっ、と唇をかみしめたあとに叫ぶ。

「今更遅すぎるのよ！　ばかっ！　ばかっ！」

彼女は鉄格子越しに涙を流す。

「どうして！　どうしておとなしくしててって言ったのに！　あんな……あんな馬鹿なことをするの⁉　才能がそんなに大事だったの⁉　呪いのアイテムなんかに手を出して……！」

「ごめん……本当に……ごめんよ……」

シリカルの罵倒を、素直に受け入れるセッチン。

反論できないほど、自分は馬鹿なことをしてしまったのだ。

「たくさんの人を傷つけて、物を壊して！　ヴィルがいたからなんとかなったものを！」

「すまなかった……でも、聞いてくれ。この罪は、ぼくが一人で背負うから」

セッチンは、言う。

「君とぼくは、まだ正式な婚姻関係に無い。君は……悪い男にだまされていた。君とぼくとは無関係だ。だから……ハッサーンを潰したことも、王都を壊滅に追い込んだことも、王都の人たちを傷つけたことも……全部ぼく一人の罪だ」

もしも婚姻関係にあったら、シリカルとその娘にまで、被害が及ぶ。

犯罪者の妻ということで、一生後ろ指を指されるだろう。

だから、全てを自分ひとりで背負って、彼はひとりで地獄に落ちると決めたのだ。

「いやよ！　何言ってるのよ！　ばかっ！」

涙を流しながら、シリカルが訴える。

「あなたは！　ばか、グズで、どうしようもない愚か者よ！！　けど……」

鉄格子ごしに、シリカルが手を伸ばしてくる。

「それでも……あなたは、家族なの。あの子の父親で……私の夫……」

彼女は、セッチンを見捨てない選択をしたのだ。

「たとえ犯罪者の家族って言われて、迷惑がかかっても、いいの。家族なんだから」

「う、うう、うあああああああああああああああああ！」

涙を流すセッチン。

「ごめん……シリカル……でも、ぼくの罪は重い。多分……死罪だ……。死んじゃうんだよ……？」

「……だとしても、私はあなたの妻でいる」

そこへ……。

「時間だ。出ろ」

騎士がやってきて、セッチンを牢屋から出す。

シリカル、そしてセッチンも、罪を受け入れていた。

ふたりは、もう諦めていた。

セッチンの死刑は、もう確定してる。

処刑台へ向かう夫を、ただ、見送ることしかできないシリカル。

彼女は……静かに涙を流していた。

「セッチン・クラフト。およびその妻シリカル・ハッサーン。両名を、財産全没収のうえ、国外追放処分とすることが、決定したことを、国王に代わって伝える」

王女アンネローゼから言い渡されたのは、そんな……。

あり得ないほどに、軽い罰であった。

「な、なんで……ですか？　あり得ないですよ！」

セッチンはアンネローゼに訴える。

「ぼくは……人を何人も殺しました！　商会を潰してしまったし、王都を壊滅に追い込んだ！　それで……国外追放？　そんな……軽くて良いわけがない！」

アンネローゼはうなずく。

「その通り。しかし、王都民は結果的に全員無事なうえ、王都にも壊れたところは一つも無い」

「！　い、いや……確かに……それは……でも……それは……」

「英雄に感謝するのね」

「！　ま、まさか……まさか……ヴィル兄が……？」

そうとしか、考えられない。

そうだ。兄が……ヴィル・クラフトが、自分の助命を申し出てくれたのだ。

兄は王都の危機を救った、英雄。

その功績を、そのまま弟の処分を帳消しにすることに、使ったのだとしたら……？

「あの者は、本当に素晴らしい御仁だ。今回の功績を一切受け取ろうとしなかった」

セッチンも、そしてシリカルも、その場で大泣きする。

……そんな最高の職人に、酷いことをしてしまった。

自分たちはなんて愚かなことをしたのだと、心から悔いる。

「ヴィル兄はどこに⁉」

アンネローゼはため息をついて言う。

「もう旅立たれてしまわれたわ。何も受け取らず、ただ許してやってくれと。……本当に、素晴らしい御仁。惜しい人材を、失ったわ……はぁ……」

ひらひら、とアンネローゼは手を振る。

すると騎士達がやってきて、セッチンらを連れて、部屋から追い出す。

そのまま王都の外へと、放り出されるセッチン、シリカル、そして……その子供。

だが門番に……。

「あー、あんたらちょいと待ちな。このあと来る馬車に乗ってけ」

門番がため息交じりに言う。

「あんたらが来たら、馬車に乗せてくれってよ、ヴィル・クラフトに頼まれてんだわ」

……あり得ない。なんだ、それは……。

「どこまで……慈悲深いんだ……あの人は……！」

ぽりぽり、門番は頭を掻く。

「あー……その、頭あげな二人とも。伝言預かってるから」

「『伝言……？』」

門番の男が言う。

「【おまえらを助けたのは、おまえらのためじゃない。残された子供のためだ。その子も、いちおうは俺の親戚ってことになるからな。……子供に感謝するんだな。じゃあな。達者でな】」

……あまりの、心の広さに、二人は涙を流した。

子供をぎゅっと抱きしめながら、二人はヴィルに感謝、そして謝罪する。

「ごめんよぉ……ヴィル兄……」

「私たち……この子を大切に育てるわ……」

門番の男は……いつの間にか消えていた。

そこへ、馬車がやってくる。

親子は馬車に乗り込んで、この国を後にする。

……その姿を、さっきの門番の男が見送った。

ハンマーを取り出し、こつん、と自分の顔を軽く叩く。

すると、門番だった男の顔が変わって……そこには、ヴィル・クラフトがいた。

彼はスキルで顔の作りを変えていたのだ。

「ったく、俺も甘いかな」

「そんなことはありません、ヴィル様」

振り返るとそこには、ポロがたたずんでいた。

「酷いことをした悪人を、自分の手柄を譲ってまで助ける。その尊い心に、感服いたしました」

「いや……別にあいつら助けたわけじゃないよ。ただ……」

「作られたものに、罪は無い……ですか?」

ヴィルはうなずく。

そう、結局のところ、作られたものに罪は無く、それを使う人次第なのだ。

「あんなに酷いことをされたのに、許してあげられる。そんなの、普通できません。本当に……あなた様は素晴らしい人です、ヴィル様」

ヴィルは笑って、ポロの肩を叩く。

「さ、行こうぜ。俺の旅は、まだ始まったばかりだ」

「？　しかし神器《じんぎ》をゼロから作ったから、目的は達成したのでは？」

「まだ神器《じんぎ》は未完成だ。それに……作りたいものは、まだまだ、山ほどある」

そう、彼はまだ野望をかなえていない。

まだまだ、旅を続ける。

「わかりました。では、お供させていただきます」

「おう、んじゃま、出発しますか」

彼らは新しい土地へ向かって旅立つ。

その先で何が待っているのかは未だわからない。

けれどこれだけは確かである。

伝説の鍛冶師は、これからも、伝説とともに、たくさんの道具を作っていくのだと。

《？・？・？ Side》

「くひっ！　ひひひっ！　素晴らしいじゃあねえか……！」

旅立つヴィル達を、遠く離れた場所から見やる人物がいた。

全身に布を巻き付けた男が、王都の時計台の上に立っている。

「やっと見つけたぜぇ！【器】を！」

強風が吹いて、布が吹き飛んでいく。

そこにいたのは、二〇歳くらいの美丈夫だ。

長い髪に、美しいかんばせ。

作務衣を来たその人物こそ……。

呪いのアイテムを各地に配って回っている、七福塵《しちふくじん》。

「ヴィル・クラフト……。ガンコジーの孫があそこまでの器とは思わなかったぜ」

にちゃあ……と邪悪な笑みを浮かべる。

「ヴィル。おまえこそが、おれの願いを叶えてくれる存在。何世紀もこの時を待った。けれどこれで成就する…。おれの悲願……八宝斎《はっぽうさい》の完成を！」

あとがき

初めまして、作者の茨木野と申します。「追放された鍛冶師はチートスキルで伝説を作りまくる（以下、本作）」をお手にとってくださり、ありがとうございます！　本作は、小説家になろうに掲載されていた作品を、書籍化したものとなっております。

作品のあらすじは、王都に居を構える鍛冶師の主人公、ヴィル。ある日婚約者から婚約破棄を言い渡される。弟に婚約者、そして店を奪われたヴィルは、今までできなかった自分の作りたい理想の魔道具を作るんだ！　と旅に出る。彼の作るアイテムは全て伝説級で、行く先々で話題となっていく。一方で自分を理不尽に追い出した婚約者と弟には次々と災難が襲いかかって……。という、よくある追放ざまぁ＋男主人公ファンタジーとなっております。

続いて作品を書くきっかけのエピソードをお話しします。二〇二三年の年明け頃、僕は次回作の構想を練ってました。その直近まで女主人公のファンタジーを書いてて、そろそろ男主人公やりたいなーっと思ってました。しかし割と最強主人公の無双物って、書きまくってきたので、新しい何かをやりたい。どうしよう……と色々考えておりました。僕、小説は主人公が何かして、凄い！　と賞賛されるのが面白い作品だと思っております（主観）。強いモンスターを倒して、凄い！　とか。権力者をぶっ倒して、凄い！　とか。ようするに、普通の人じゃ解決不可能な事象を、主人公の力で鮮やかに解決してみせる。そして認められる。これが面白いんだと。バトル以外にでそうやって認められる展開を作るにはどうすれば良いか考えて、主人公が作るアイテムが、凄い！　とするのはどうだろうと。その結果、作るアイテム全部伝説のアイテムの主人公とか面白いのでは？　と思い至り、こうして右手に神の力を宿した、物作りの天才によるファンタジーが完成したのでした。

謝辞です。イラストレーターのkodamazon様、素敵なイラストありがとうございました！

ヴィルくんがすごいイメージ通りでした！

続いて編集の御三方。今回たくさんの編集さんが関わっておりました。色々ご迷惑をおかけして申し訳ありません。

その他、本造りに関わってくださった皆様、そして本を手に取ってくださった読者の皆様に、御礼申し上げます。

最後に、宣伝が二点あります！　宣伝その一、本作コミカライズします！　お楽しみに！

その二！　同月に新刊が発売しております。

「S級パーティーから追放された狩人、実は世界最強」こちら2巻がモンスター文庫様から、好評発売中です！

以上です、引き続きよろしくお願いいたします。

二〇二三年七月某日　茨木野

本書に対するご意見、ご感想をお寄せください。

あて先

〒162-8540 東京都新宿区東五軒町3-28
双葉社　モンスター文庫編集部
「茨木野先生」係／「kodamazon先生」係
もしくは monster@futabasha.co.jp まで

Mノベルス

雑用付与術師が自分の最強に気付くまで
~迷惑をかけないようにしてきましたが、追放されたので好きに生きることにしました~
戸倉儚
ill.白井鋭利
Mノベルス

付与術師としてサポートと雑用に徹するヴィム＝シュトラウス。しかし階層主を倒してしまい、プライドを傷つけられたリーダーによってパーティーから追放されてしまう。途方に暮れるヴィムだったが、幼馴染(兼ヴィムのストーカー)のハイデマリーによって見出され、最大手パーティー「夜蜻蛉」の勧誘を受けることになる。「奇跡みたいなものだし……へへへ」本人は自身の功績を偶然と言い張るが、周囲がその実力に気づくのは時間の問題だった。

発行・株式会社　双葉社

1
小鈴危一
Illust. 夕薙
最強陰陽師の異世界転生記
~下僕の妖怪どもに比べてモンスターが弱すぎるんだが~
仲間の裏切りにより死に瀕していた最強の陰陽師ハルヨシは、来世こそ幸せになりたいと願い、転生の秘術を試みた。術が成功し、転生した先はなんと異世界だった！　魔法使いの大家の一族に生まれるも、魔力なしの判定。しかし、間近で目にした魔法は陰陽術の足下にも及ばなくて——極めた陰陽術と従えたあまたの妖怪がいれば異世界生活も楽勝！　歴代最強の陰陽師による異世界バトルファンタジーが新装版で登場！
30頁超の書き下ろし番外編も収録。
モンスター文庫

Mノベルス

追放《ついほう》された鍛冶師《かじし》はチートスキルで伝説《でんせつ》を作《つく》りまくる ～婚約者《こんやくしゃ》に店《みせ》を追《お》い出《だ》されたけど、気《き》ままにモノ作《つく》っていられる今《いま》の方《ほう》が幸《しあわ》せです～

2023年7月31日　第1刷発行

著　者　茨木野《いばらきの》

発行者　島野浩二

発行所　株式会社双葉社
〒162-8540　東京都新宿区東五軒町3番28号
［電話］03-5261-4818（営業）　03-5261-4851（編集）
http://www.futabasha.co.jp/（双葉社の書籍・コミック・ムックが買えます）

印刷・製本所　三晃印刷株式会社

［電話］03-5261-4822（製作部）
ISBN 978-4-575-24646-9 C0093